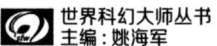
世界科幻大师丛书
主编：姚海军

金羊毛

Golden Fleece

Robert J. Sawyer

[加拿大] 罗伯特·索耶 著 | 乐 明 译

四川科学技术出版社

Golden Fleece by Robert J.Sawyer

Copyright © 1990 Robert J.Sawyer

This edition arranged with The Lotts Agency Ltd.

through Andrew Nurnberg Associates International Limited

Simplified Chinese edition copyright:

2022 SCIENCE FICTION WORLD LTD

All rights reserved.

图书在版编目(CIP)数据

金羊毛 / [加拿大]罗伯特·索耶 著；乐 明 翻译.
-- 成都：四川科学技术出版社，2022. 4

（世界科幻大师丛书 / 姚海军 主编）

书名原文：Golden Fleece

ISBN 978-7-5727-0523-6

Ⅰ. ①金… Ⅱ. ①罗… ②乐…Ⅲ. ①幻想小说 – 加拿大 – 现代
Ⅳ. ①I711.45

中国版本图书馆 CIP 数据核字(2022)第 064750 号

图进字号：21-2015-131

世界科幻大师丛书

金羊毛

SHIJIE KEHUAN DASHI CONGSHU
JIN YANGMAO

丛书主编　姚海军
著　者　[加拿大]罗伯特·索耶
译　者　乐　明

出 品 人　程佳月
责任编辑　宋 齐　姚海军
特约编辑　颜　欢
封面设计　孙　容
版面设计　孙　容　甄沛佳
责任出版　欧晓春
出　版　四川科学技术出版社
　　　　　成都市锦江区三色路238号 邮政编码 610023
　　　　　官方微博：http://e.weibo.com/sckjcbs
　　　　　官方微信公众号：sckjcbs
　　　　　传真：028-86361756
成品尺寸　147mm×208mm　　印　张　7.875
字　数　170千　　　　　　插　页　2
印　刷　成都市金雅迪彩色印刷有限公司
版　次　2022年8月成都第一版
印　次　2022年8月成都第一次印刷
定　价　50.00元

ISBN 978-7-5727-0523-6

邮 购：成都市锦江区三色路238号新华之星A座25层　邮政编码：610023
电 话：028-86361770

加拿大科幻"教长"——罗伯特·索耶

姚海军

时光飞逝,距我们出版第一部罗伯特·索耶的长篇小说已经二十年了。二十年来,索耶一直是中国读者最喜爱的科幻作家之一。2007年颁发的第18届中国科幻"银河奖",他被读者票选为"最受读者欢迎的外国作家"。当然,受欢迎的其实不仅是他的小说,还有他的博学、风趣与幽默。在活动现场,他是那种会引发听众尖叫的作家。2007成都国际科幻大会期间,他的精彩讲演以及与读者的频繁互动,和他的小说一样,提升了科幻文学的声誉。

索耶1960年生于加拿大首都渥太华,小时候梦想当科学家,特别是研究恐龙的古生物学家。但在高中快毕业的时候,他突然发现,世界上靠研究恐龙为生的人寥寥无几,而以写科幻小说为生的作家却成百上千,于是,科幻作家成了他的人生目标。

结果,索耶不仅成了科幻作家,还在世界范围内拥有广泛的知名度。在加拿大,他甚至被誉为"科幻界的教长"。他至今已经出版二十七部长篇科幻小说,发表短篇作品数十篇,作品被译成十五种语言。索耶不仅获得过世界级科幻大奖"雨果奖"和"星云奖",还是历史上唯一一位将美国、日本、法国、西班牙和中国五个国家的科幻最高奖项揽入囊中的科幻作家。

对任何作家而言,处女作都是解析其创作方向与风格的钥匙。索耶卖出的第一篇小说也是如此,这篇名为《动机》(Motive, 1979)的小说表明了索耶的创作观念,确立了他的写作特点——将科幻与悬疑推理紧密结合,创造出一种惊奇感与紧张感交织的雄壮旋律。

在写作生涯的最初几年,索耶主要创作非虚构类作品。他为加拿大和美国的各类杂志撰写了超过二百篇文章,包括从计算机到个人理财等诸多主题。此外,他还努力谋求在广播电视方面的发展,参加了美国哥伦比亚广播公司的《思想》节目的制作,并承担其中五期以科幻为主题的节目的撰稿和播音工作。在此期间,他采访了艾萨克·阿西莫夫、厄休拉·勒古恩等科幻大师。这些采访让他在快满三十岁时意识到,自己必须重拾科幻作家之梦。

1991年索耶出版了长篇处女作《金羊毛》(Golden Fleece)。该作涉及人工智能、外星文明、网络虚拟等诸多主题,不仅想象力惊人,整个故事也惊心动魄,获得了加拿大科幻最高奖"极光奖"。

1995年,《终极实验》(Terminal Experiment)出版,这部索耶最重要的长篇探讨了人类"灵魂"的真相以及意识上传引发的诸多问题,既有高科技小说的惊险曲折,又有一流科幻小说才有的对未来的深入思考,为索耶赢得了获得了世界科幻大奖"星云奖"和又一座"极光奖"奖杯。

2000年,《计算中的上帝》(Calculating God)出版,这部索耶本人最满意的作品探讨了困扰人类的终极谜题。它本是2001年雨果奖决选的热门作品,但最终获奖的却是J.K.罗琳的畅销作品

《哈里·波特与火焰杯》。提起此事，索耶火气十足，他说："我六次进入雨果奖决选，六次空手而归。每次我都很失望，但只有《计算中的上帝》那次真把我气坏了。他们把奖颁给了《哈里·波特与火焰杯》！那是一本好书，但它不是科幻小说！"经过二十多年时间的涤荡，《计算中的上帝》至今仍是科幻迷最喜爱的科幻作品之一。

2002年，"尼安德特人"三部曲首部《原始人》(Hominids)出版。这部试图将尼安德特人宇宙与人类宇宙相连的大胆作品终于让索耶如愿以偿，捧得了"雨果奖"最佳长篇奖杯。

除了科幻创作，索耶还热心科幻文化的推广与传播。他教授科幻写作，发表演讲，在1992年促成了美国科幻与奇幻作家协会加拿大分会的成立，后又短暂担任美国科幻与奇幻作家协会主席(1998—1999)。2007年劳伦斯大学授予索耶荣誉文学博士学位，2014年温尼伯大学授予索耶荣誉法学博士学位。

意识上传、外星智慧和人工智能是索耶最热衷的三大主题，他总是试图在宗教与科学之间找到平衡。综合来看，索耶的科幻小说主要有如下特点：

一是想象壮阔雄奇。在《星丛》(Starplex, 1996)中，人类通过外星人建造的超时空"捷径"深入宇宙，一睹宛如星球般巨大的生命体的"芳容"；在《计算中的上帝》中，自私的古老文明为防止宇宙中新文明对其生活的干扰，竟然将猎户座一等星引爆成了超新星。这些大气磅礴的想象，给读者带来巨大惊奇感的同时，也带来观念上的冲击。

二是融合悬疑推理。索耶不仅是科幻作家，也是一位悬疑推理小说家。他1993年的短篇科幻小说《宛如旧时光》(Just Like Old Times)在获得"极光奖"的同时，还获得了加拿大最高推理小说奖"亚瑟·埃利斯奖"。他的长篇多可以当作悬疑推理小说来读，其中展现出的逻辑推理能力，让很多同行望尘莫及。比如其长篇处女作《金羊毛》，开篇就是一场精心策划的谋杀。在《计算中的上帝》中，外星人来到地球，目地就是与人类一起破解文明周期性毁灭之谜。抛开科幻不谈，整部小说完全可以说是人类与外星人围绕这一任务展开的缜密推理。在《终极实验》中，主人公霍布森需要在自己的三个电子化分身中找出杀人凶手。而他晚近的作品《红星蓝调》（Red Planet Blues, 2014），则完全可以称为一部火星背景的侦探小说："我"不仅要解决当下的麻烦，还要破解几十年前火星上的一起谋杀案。大量悬疑、推理小说手法的应用，非常有效地提升了索耶小说的可读性。

三是兼顾人物人情。索耶的作品大多属于硬科幻，有着扎实的科学理论基础与逻辑支撑，但除了科学气息，他的小说中还随处可见生活之色。换句话说，索耶是那种能够让宏大想象与现实大地完美融合的作家。比如，在《星丛》中，他塑造了凯斯·兰森这样一个典型形象。这是个迟疑不决的人，生活中如此，工作中也是这样：不想伤害妻子和婚姻，在其他女人的诱惑下又把持不住；面对桀骜不驯的异族下属，既想维护自己的尊严，又担心引发种族冲突。索耶特别善于把握这类中年男人的心理，《终极实验》中的彼得·霍布森、《计算中的上帝》中的托马斯·杰瑞克都属于这一类型。这些人物在生活中面临的困境与宏大格局中人类遇到的问题纠缠在一起，堪称宏大与渺小最完美的衬映。

有关罗伯特·索耶先生的最新消息是，他已经成为成都2023世界科幻大会的主宾。为此，我们特别推出他最重要的五部代表作的精装本，欢迎索耶再来中国。我相信，喜欢索耶作品的读者朋友们也在期待这一天的到来，听一听索耶先生对未来的新预见。

CONTENTS 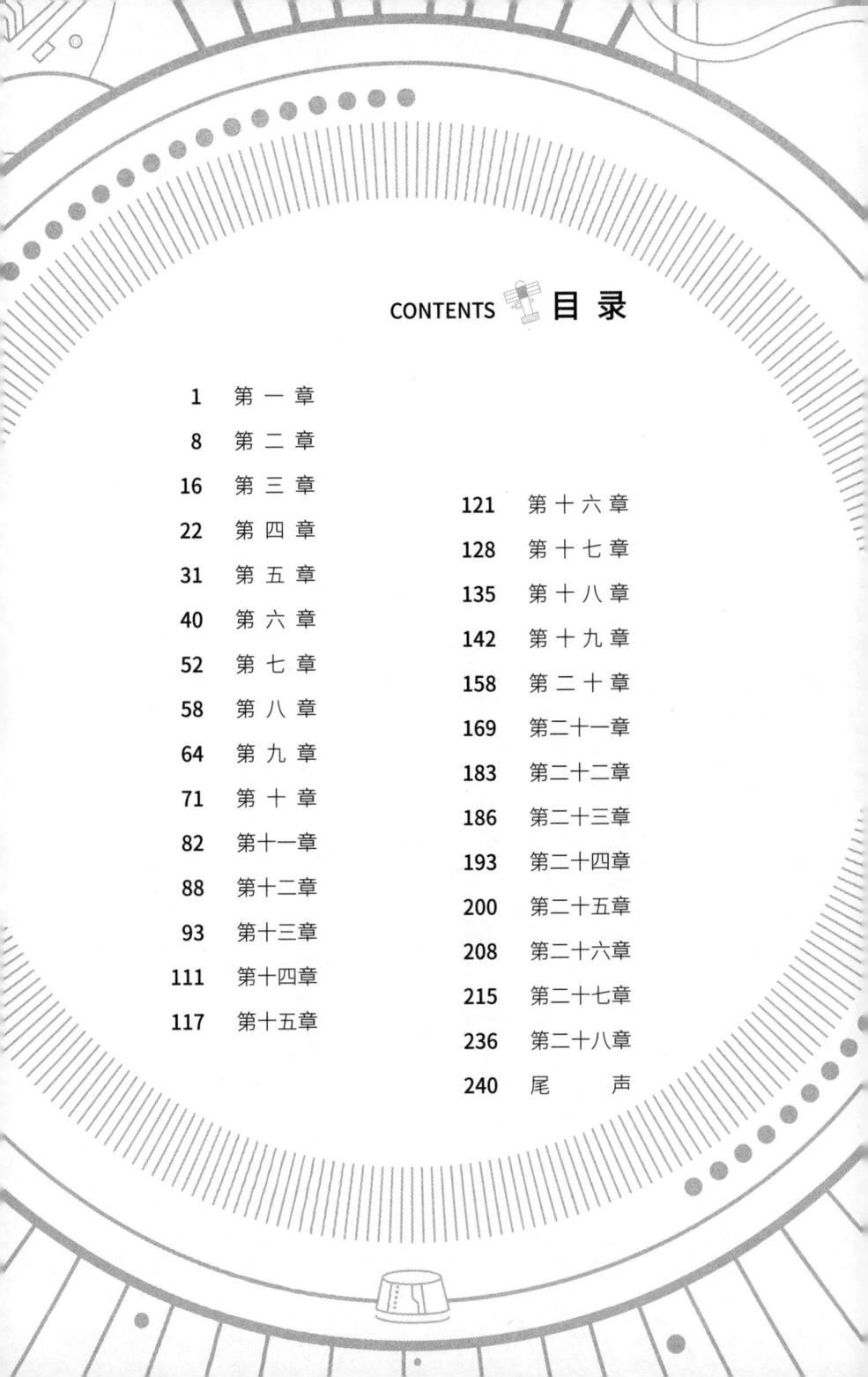 目 录

第一章

一次遨游太空的机会！

联合国太空总署

征募

各行各界人士

参与

首次太阳系外行星探测计划

联合国太空总署伯萨德磁场吸附式飞船系列的首发舰——阿尔戈号生态飞城——现征募10 000名成员。该飞船自成系统，组成一个功能完善旨在探索太空的社会，将对η仙王系 IV（科尔喀斯）星球展开全面调查。

该星球遍布绿色植被，距离地球47光年。为在该飞船上建立太空社区，现招募各领域工作人员。三十岁以下，健康状况良好者均可报名申请。回复该启事，系统会自动将申请表格上传到您的终端。

我喜欢他们盲目信赖我的感觉。那么,如果是在飞船上的夜晚又会怎样呢?几个世纪以来,天文学家们总是在其他人熟睡后才开始他们辛勤的研究工作。即便是在我们漫长的旅途中,在根本无法看到外界事物的情况下,戴安娜·查勒仍然保持这个约定俗成的习惯,只有在我调暗走廊的灯光后才会开始她的研究工作。

我曾经向戴安娜建议过,她也许应该利用储存在货舱中的实验设备来验证她的惊人发现。差不多有两个星期都没人去过底层的甲板了,但这似乎对戴安娜一点儿影响也没有。她一个人走在我所营造的人工夜色中竟然一点儿也不害怕。尽管飞船上有 10 034 名成员,我敢肯定,只要在我的监护下,她就绝不会害怕。事实如此,当她独自朝操作走廊①走去的时候,显得平静极了。这条走廊的墙面上铺着一层丙烯酸纤维,上面覆盖着青绿色的海藻。

我已经删除了她的计算结果和笔记文件,所以,现在只剩下最后一件事要做了。我关上了她身后的舱门,尽管她早已经习惯了气压门关闭时发出的嘶嘶声,但当她听到弹簧锁锁住舱门发出的摩擦声时,心脏还是剧烈地跳动了一下。

前方,一道矩形的红光从另一扇敞开的门里投射在草地上。她朝那里走去,脚步依旧平稳,但身体遥感测量记录却显示出她有一丝慌张。她刚走进那扇门,我就像前面一样,合住了舱门,并且上了锁。

"杰森?"她终于说话了,但平时阳光般爽朗的声音变成了颤抖的低语。我没有回答。十一秒后她又说话了:"说话啊,杰森,

---

① 一处类似走廊的操作空间。

发生了什么事?"她开始朝走廊的另一端走去,"哼,如果你真的不想说就别说了,我也不想跟你说话。"她继续向前走着,但是脚步敲打在地面上的声音显得凌乱而急促,正像她现在的心跳一样,"我知道你不同意我的看法,但,好吧,这次你得相信我的判断力。"我什么也没说,默默地熄灭了她身后的照明面板。她回头看了一眼,走廊漆黑一片,然后接着向前走。她的声音颤抖得更厉害了,"我必须告诉戈尔卢夫我所发现的一切。"我熄灭了另一盏照明灯,"飞船上的每个人都有权知道此事。"下一盏也熄灭,"而且,你也不可能把这样的秘密保留很久而不让其他人察觉。"熄灭,熄灭,熄灭,"噢,该死,杰森!说话啊!"

"我很抱歉,戴安娜。"我通过安装在天花板十字形金属片上的扬声器说道。这几个字足以告诉戴安娜,刚才萦绕在她脑际的让人发疯的恐惧感并不是空穴来风,她现在已经陷入了险境。

打开管道阀门发出的声响就像那些爬虫发出的声音一样好听。戴安娜惶恐地笑着,用最后一丝勇气尝试着她的玩笑。"别对着我喷气,你这个浑身生锈的废物——"她很快就停住不说了,氯气已经灌进了她的嘴里。她用袖子捂住了嘴向前跑去,沉重的脚步声穿过一扇又一扇大门。不是那一个,不,还不是,再过几个门,往左边跑,婊子。哈——嗖!她闯进了货舱,身后的大门紧跟着关上了。我打开了墙壁上的聚光灯,这个房间里只有一个人造引力场发动机,上方几乎什么也没有。透过纵横交错的金属板构成的三角形空隙,可以看到一层层的储藏间,里面堆满了铝皮箱子。

她慌乱地捡起一根想用来撬开这些铝箱盖的钢条,说:"你真该死,杰森!"随即,她用钢条狠狠地砸向装在墙壁上的我的摄像头。玻璃碎片像瀑布一样洒落在地面上。我可一点儿也不害怕,忙旋转头顶的一对摄像头从上到下地盯着她。从这个角度看,她的形象缩小了。现在的她看起来既不像一个称职的天体物理学家,也不像一个精明的古董收藏者,又不像一个刚刚与爱人分手却风情依旧的女人,更不像人们所说的一个天才的厨子。不,现在的她看起来就像个小姑娘,一个受到极度惊吓的小姑娘。

戴安娜腕上移植的医用传感器显示她现在的心跳异常强烈,几乎快要把人的耳朵震聋了。当然,她一定也听到了头顶上方我的电子眼发出的"嗡嗡"声,因为她转过身将钢条朝着我的摄像头扔来。但她没能扔到那么远,钢条半路掉了下来,砸在铝箱子上,发出隆隆的声响。有那么一会儿,她抬头盯着我的电子眼,脸上充满了恐惧。她是一个多么有魅力的女人啊:金黄色的头发光亮而整洁。如果这里更亮一些,也许她可以通过我的曲面电子眼镜头表面看到此刻惶恐万状的她自己。

她接着向前跑。但当她跑到一个四周全是箱子的十字路口的时候,很快又停了下来,盘算着究竟该选择哪个方向。当她站在那里的时候,她的手指摆弄着戴在脖子上的一条铅锡十字架项链。我知道,当她感到紧张时就会有这种动作;我还知道,她之所以佩戴这个十字架项链,并不是因为其具有的宗教意义——她的天主教信仰不过是我数据库中的一个区段——而是因为这个十字架项链的历史超过了三百年。

她决定朝左边的走廊跑,这就意味着她必须绕过一个卧式自动铲车。我控制铲车紧随其后,铲车底部的反引力装置使它悬浮在地面上方四厘米的高度。当它嗡嗡地跟在她后面的时候,我控制铲车的喇叭发出一声巨响。现在从铲车的位置观察她的背影,可以看到在跑动的过程中,她的头发一直疯狂地上下摆动着。

突然,她猛地向前栽去,脸朝下摔了个跟头。她的左脚绊在了门槛上。我切断了铲车反引力装置的电源,它立刻掉落在离她几米远的地面上。现在还不是干掉她的时候。她站了起来,肾上腺素分泌量激增,开始以每步两米的跨度向前逃离。

前面就是我为她设下的圈套。戴安娜闯进了机库,绝望地抬起了头。机库控制室的窗户厚重而结实,环绕了三面空间,高出地面十米。当然,里面一片漆黑:到达科尔喀斯需要六个主观年^①的时间,只有到了那里,这些机库里的飞船才会派上用场。

机库的每一侧都排列着二十四排回旋标形状的银色登陆艇,每一艘的首部与后一艘的翼部相连,排列得极为整齐。喷在登陆艇机身上的名字,大多数与希腊神话中的阿尔戈的名字有关。

登陆艇的前部有一堵装甲墙把飞机库与宇宙真空隔离开。戴安娜在金属甲板的轰鸣声中跳跃着。装甲墙打开了一条小缝,空气开始嘶嘶地向外渗漏。

戴安娜的头发在微风中飘动,就像是淡黄色的暴雨打在头上和肩膀上。"不,杰森!"她叫喊着,"我什么也不说了——我保证!"愚蠢的女人。她难道不知道我可以辨别出什么时候她在撒谎吗?

机库的外装甲墙已经打开了一条黑色的夹缝。戴安娜尖着嗓子说了些什么,但呼啸的风声压过了她的声音。我把一个聚光灯投射在俄耳甫斯号登陆艇上,它的双层风门的外门已经打开了。没错,戴安娜,登陆艇里有空气。她费力地抓住登陆艇的阶梯向驾驶舱爬去,气流猛烈地撕扯着她,真空不停地吸着她,

———
① 即人类从感官中认知的时间单位。

周围的压力突然降低,她的鼻子开始流血了。她用双手抓住手动舵轮,使劲关上了风门。当她安全地坐进登陆艇驾驶舱后,我已完全打开了机库的装甲墙。

太空中星虹的景色是异常壮观的。在飞船接近光速行驶的情况下,位于飞船前侧的恒星将发生蓝移①,而飞船后面的恒星则发生红移,最终消失在无边无际的黑暗中。但是,环绕在飞船周围的稀薄的菱形星群却形成了一条五光十色的彩虹带——包括紫色、靛青、蓝色、绿色、黄色、橙色和红色。

我发动了俄耳甫斯号的主引擎,引擎在真空中发出无声的呐喊,滚滚的黄绿色浓烟从两个锥形的排气筒中喷涌而出。这个回旋标形状的登陆艇如离弦之箭,掠过机库甲板,朝着敞开的太空门直飞过去。

我把安装在俄耳甫斯号驾驶舱座上的远端电子眼对到戴安娜的脸上,只见她已是惊恐万状。通信话筒发出噼啪的静电噪声,这是由于伯萨德引擎的无线电射频干扰引起的。只要这艘登陆艇一进入伯萨德引擎的上部通道,戴安娜的身体就会抽搐不止:在强辐射的冲击下,她的神经系统会瞬间崩溃,几乎与此同时,她的心脏将停止跳动,她脑部的神经元也将在几秒钟之内丧失功能。

---

①由于与宇宙飞船存在相对运动,因此星光的波长和频率会发生变化。在飞船后面的星星,当它们离飞船远去,星光的波长将变长,频率将变小。因此,其光谱向红端移动,即发生"红移",颜色逐渐变红;而在飞船前面的星星,它们会高速向飞船靠近,星光的波长则缩短,频率增高;因此,其光谱向蓝端移动,即发生"蓝移",颜色逐渐变蓝。由于在飞船正前方的星光,特别是视野中央最前方的星光,相对飞船而来的速度最快,蓝移最大,不管原来是什么颜色,都因蓝移而一律呈蓝白颜色。而飞船后边的星光,由于都以极高速度远去,则不管原来是什么颜色,都一律按远近距离呈黄、橙、红色排列,这就形成了星虹。

当登陆艇冲进氢离子的旋涡中时,从远端电子眼传来的图像猛地闪烁了一下,然后屏幕上一片漆黑——我与登陆艇间的通信在戴安娜死亡前便终止了。真可惜,错过了一场有趣的死亡游戏。

第二章

主日历显示·中心控制室

阿尔戈号生态飞城日历：	2177年10月6日 星期一
地球日历：	2179年4月18日 星期日
已航行时间：	739天
距离目的地时间：	2229天

"亚伦，发生紧急情况。醒来，马上醒来。"

对我来说，这是一种全自动的反应方式，甚至不容我有任何思考的余地。仔细想起来，很难说清楚到底是哪种算法最先激活了我的定位器程序。尽管亚伦现在看起来无所事事，可是他的工作是负责管理阿尔戈号上的登陆艇舰队，因此，理所当然，我植入硬件的固化代码指令，要求我在舰艇出现问题的情况下立即通知亚伦。碰巧的是，亚伦最近刚刚与戴安娜·查勒结束了为期两年的婚约。程序里还有一条近亲规则，即，如果有人受伤或死亡,应立即找到并通知阿尔戈号上与其关系最紧密的亲属。由于婚约的解除,亚伦现在已经不再是戴安娜的近亲了。由于这个原因,我必须调用另一个程序。这样一来,遇此类情况通知亚伦的判断被滞后了几纳秒。考虑到所有因素,我估计最先触发我的扬声器的动因仍旧是:这一事件与他的工作相关。

躺在亚伦身边的是医学博士克里斯汀·胡金拉德,她的眼睛紧闭着,头脑却处于完全清醒的状态。最近一直有什么东西困扰着她的睡眠。也许仅仅是因为她还不习惯与别人分享同一张床,哪怕仅仅是为了休息。不管怎样,一听到我的声音她就动了起来,用一只胳膊肘支撑着自己,另一只手则去摇动亚伦的肩膀。一般情况下,当有人从睡眠中逐渐醒来的时候,我会把灯光逐步调亮,但这次可没时间照顾得那么周全了。我"啪"的一声直接把头顶的照明面板打到最大亮度。

亚伦的脑电图显示他已经进入了清醒状态,不管刚才正在做着什么样的梦,都已随着波幅的骤减而消失了。我再次开口了:"发生紧急情况,亚伦,迅速起床。"

"杰森?"他揉着眼睛——他的眼球是黄色的。他的左手腕内侧植入了我的医用传感器,这个装置同时也可以发挥表的功能。他瞟了一眼闪光的数字显示屏,"你神经啦!知道现在才几点吗?"

"俄耳甫斯号登陆艇刚刚起飞了。"我通过床头面板上的两个扬声器说道。这句话收到了效果,他连滚带爬地起了床,光着脚丫磕磕绊绊地跑出房间找到他的裤子,一条腿蹦着往前跑,另一条腿还在往裤腿里塞。

现在已经没有必要再催促他了。他的心跳有些不规律了,而他的脑电图清楚地说明他仍在努力使自己从睡眠状态中彻底清醒过来。在我看来，这是一种低效率启动程序。

"请派一部电梯。"亚伦的声音干燥沙哑，这是因为他总是张着嘴睡觉的缘故。

"已经准备好了。"我说。克里斯汀把她蓝色天鹅绒睡衣的系带在腰前拉紧，做好了出发的准备。这个动作更加突出了她优美的身体曲线。

我把卧室和客厅的门都滑到一侧，门上的机械装置发出嘶嘶的响声。克里斯汀飞快地跑过走廊进入了等候在那里的电梯，她完全没必要把手放在电梯的门沿边——似乎怕门会随时关闭。亚伦也迅速穿过走廊进入了电梯。

电梯要下降五十四层。由于采用了真空轴中的反引力发动机，电梯本身毫无声响。但每当这个圆柱形电梯舱下降的时候，我总要通过电梯上的扬声器发出递减的音阶，而当其上升的时候则发出递增的音阶。本来一开始是为了开个玩笑，我一直希望有人意识到，这种该死的电梯应该是安安静静的，可是到目前为止，在七千三百万次电梯运行中，还没有人注意到这一点。

亚伦抬起头看着安装在电梯门顶的我的一对电子眼，问道："事故是怎么发生的？"

"登陆艇被盗用，"我说，"原因尚未查清。"

"盗用？被谁？"

要回答这个问题可不容易，有克里斯汀在这里可真是太糟糕了。"戴安娜。"

"戴安娜？我的戴安娜？"

克里斯汀面无表情——一种精心伪装出来的不动声色，脸部的肌肉努力收缩着，以维持原来的状态。她的医用传感器告诉我，她被亚伦的"我的"两个字刺痛了。"你能跟她取得联系吗?"亚伦问。

"从她一离开阿尔戈号我就尝试联络她,但我们的离子场干扰太大。"电梯门弹开了,展现在面前的是U形机库甲板控制室的一侧。亚伦和克里斯汀绕过U形弯路走到底部。操纵台前已经挤满了我同时通知到的其他人,大多数人都穿着睡衣和长袍。坐在人群中间的是矮小的吉纳迪·戈尔卢夫——头发凌乱、衣衫不整,他是阿尔戈号生态飞城社区的市长;旁边是巨人张爱新,阿尔戈号总工程师,穿了一件特殊裁制的连体工装裤,可以容纳他多出来的两条胳膊。尽管这个时段应该是他的睡眠时间,但在收到通知之前,他一直在从事着他的秘密工作。

亚伦透过控制室内墙上的观测窗俯瞰着机库的三面,他的眼睛最后落在了仍然敞开着的太空舱门上。"俄耳甫斯号的距离?"

"五十公里。"张爱新的话像蹦豆子似的一个字一个字地蹦出来。他腾出主操纵台前的椅子,椅垫伴随着嘶嘶的空气泄漏声上升了足有十厘米。他挥动左下臂(不如左上臂那么粗壮)示意亚伦坐下。

亚伦坐了下来,然后用手指在中心监视屏上点了一下,一个闪亮的矩形把观测窗分成两部分。"外部!"

我传送了一幅阿尔戈号生态飞城的全息透视图。伯萨德引擎的外部就像一个青铜广口漏斗。在这种分辨率下,从引擎扩散到外部的场线网络是看不到的。环绕在锥形体内部中间位置的是一圈磁力环,而在锥形体外部同一位置上则覆盖着环状的生活区,外表为海绿色,它的装甲墙看上去像是一块巨大的金属板。阿尔戈号其余的大部分面积是三公里长的银色圆柱形轴状物,其上布满了或金色或黑色的容器及压缩机。在轴状物的末端,是一簇簇的圆柱形点火器、赤褐色的球茎状熔化器,以及一排排的褶皱形熔合防护罩。在阿尔戈号的前端,我加上了一个微小的银色三角形标志,用来代表离开飞船的登陆艇。

"俄耳甫斯号的速度?"亚伦问。

"每秒六十三米,正在减速中。"我通过他面前操纵台上的扬声器回答。

"它正在以垂直的角度穿越离子场的磁力线,是吗?"张爱新说,从他嘴里蹦出的字就像从机枪里发射的子弹一样,"磁场使它慢下来了。"

"俄耳甫斯号会撞到我们吗?"市长戈尔卢夫问。

"不会,"我说,"每当遇到金属物体,我的自动天体躲避系统就会调整离子场的角度躲避开。否则,俄耳甫斯号将会全速撞击锥形体从而损坏引擎。"

"我们得让那艘登陆艇远离阿尔戈号。"戈尔卢夫说。

"那艘登陆艇?"亚伦转动了一下转椅面对着这个小矮人。他的叫声伴随着椅子转动时发出的声音,显得非常刺耳,"戴安娜怎么办?"

市长比亚伦矮二十多厘米,体重只有他的三分之二,但他的音量却一点也不示弱。他开口讲话时,我总是要运行卷积算法①以消除失真现象。"醒醒吧,罗斯曼!"他咆哮着,"进入离子场就等于自杀。"戈尔卢夫可不是靠他的温和态度来取胜的。

克里斯汀把一只手轻放在亚伦的肩上,他们似乎可以通过这种无言的动作获得大量的交流信息。她的触碰确实对他起到了轻微的镇定效果,但具体会产生多大的影响,我却很难测出。他重新转回身去面对着监视屏,一把抓起邻近控制台上的一个

———————

① 此处意即重建声音模型以消除杂音。

计算器,把它握在手里。我调节了三个电子眼的方向,试图获取计算器上的信息,但是没有一个能看到他在敲打些什么。

"俄耳甫斯号的引擎已经熄火了,是吗?"张爱新问,他抬起头用眼睛盯着天花板。这样的表情通常都代表着他们是在对我讲话,其实我的CPU位于该控制室的下面第十一层,而且位置正与张爱新现在站立的地方相对。曾经有一次,我错误地理解了这种上翻眼皮的动作,本来以为那人是在跟我讲话,可实际上他是在做祷告。当我回答他的祷告时,我可以通过他的医用传感器检测到他已经欣喜若狂了。

"是的,"我对张爱新说,"当俄耳甫斯号进入离子场后,所有的艇上设备都将陷入瘫痪。"

"有没有可能把它拉回来?"戈尔卢夫问,依旧声如洪钟。

"没有,"我说,"那是不可能的。"

"不,有可能!"亚伦猛地转过身来,身下的椅子像只受了伤的耗子一样吱吱地发出声响,"看在上帝的分儿上,我们能把戴安娜救回来!"他把手中的计算器递给张爱新,张爱新用右上手接住计算器。我把镜头推向计算器电子发光显示屏,一共有四行按比例排列的无衬线字形①。他真该死……

张爱新疑惑地看着亚伦递来的计算器,"我不知道……"

"该死的,爱新。"亚伦对眼前这个大个子说道,"试一试对我们来说又有什么损失呢?"

虽然张爱新的身体结构比较特殊,但他的身体遥感测量记录与别人相比,并没有什么太大的不同。记录显示,当他仔细研究了计算器上的数据后,一下信心倍增。最后他说:"杰森,把离子场的角度调整到亚伦设定的参数上,好吗?"他把计数器举到

①一种字体,通常被用在正文之中。

13

我的一对电子眼前，"尽力压缩离子场迫使俄耳甫斯号改变方向，进入伯萨德引擎通道投射出的阴影区范围内。"

所有目光都集中在了我的监视屏上。我在全息图像上覆盖了一层淡青色的场力线。当我压缩场的时候，场的强度增加，俄耳甫斯号慢了下来。亚伦把手放在肩膀上，手指与克里斯汀的扣在一起。

"现在能不能抬升它？"他问。

"不能。"我说。

"用远端遥控怎么样？"

"即使我能成功地将信号发射过去，还是不能获得控制权。氢离子的冲击波将会搅乱俄耳甫斯号上的所有电子设备。"

从屏幕上看去，俄耳甫斯号正朝着锥形体边缘移动，起初基本是零速度，然后速度越来越快，然后——

亚伦紧盯着屏幕。"马上！"他果断地说，"把离子场调整到正常角度。"

我照做了。随即，监视屏上显示出的蓝色场力线就像翻线圈游戏中的线圈一样跳动起来。俄耳甫斯号已经不受磁场的束缚了；相反地，现在它在惯性的作用下径直朝我们的方向冲来。

"只要它进入了锥形体范围内，"亚伦说，"就可以躲开那些宇宙射线，离开磁场。俄耳甫斯号的系统就会恢复稳定，到时候你应该可以发动它的引擎。"

"我尽量吧。"我说。

近了，更近了。这个微小的三角形标记朝着环状生活区直冲过来。还有六十七秒它就要撞到海绿色的外壳上了。

"它来了！"戈尔卢夫叫道。张爱新则握紧了自己的四个拳头。

"开始,杰森!"

近一点,再近一点。登陆艇的尖端直直地瞄准了飞船的外壳,在磁场力的作用下,后掠机翼①绕着艇身的中轴缓慢地旋转着。

"快!"

我的无线电射线接通了俄耳甫斯号,登陆艇开始服从我的指挥了。"启动姿态控制②喷气引擎。"我说。这时,可以检测到屋里有些地方二氧化碳浓度正在上升,每个人都长舒了一口气。

戈尔卢夫和张爱新忙着擦掉额头的汗水;亚伦则跟往常一样,从他脸上的表情我无法猜到他内心的感受。他顺着观测窗指向下面的机库甲板。"现在控制俄耳甫斯号返回这里。"

正在他说话的瞬间,这个回旋标形状的登陆艇已经出现在了敞开的机库大门前,它那银色的机身外壳已经失去了光泽。在外面闪耀着各色光谱的星虹的比照下,俄耳甫斯号就像个丑小鸭。

---

①机翼做成向后掠的形式,像燕子的翅膀一样,可以延迟"激波"的产生,缓和飞机接近音速时的不稳定现象。

②姿态控制是应用在航天系统中的一个术语,姿态控制发动机可以起到调节飞船或卫星等设备的角度、飞行姿态以及轴向的作用。

第三章

　　他们每迈出一步，机库甲板的地面都会发出雷鸣般的爆裂声。甲板上面铺着一层生化草坪地板，这样，平时这里就可以用作橄榄球场地。但是当地板暴露在真空中，生化草坪便被瞬间冻结了，直到现在才开始逐渐解冻。克里斯汀·胡金拉德手里提着一个陈旧的医药箱，与亚伦·罗斯曼一起朝俄耳甫斯号走去。两人都在闪烁着橙色荧光的派克大衣外面套上了银色的防辐射太空服。两个人都戴了一块盖氏计量器。克里斯汀有意识地把计量器戴在没有植入我的医用传感器的手臂上；亚伦则没有注意到这点，直接把计量器戴在了传感器上方。这倒不影响我获取传感器的自动测量记录，但确实影响了带手表功能的电子显示器的作用的发挥。

　　雷鸣般的爆裂声使得任何对话都很难进行，但他们还是在尝试用头盔内部的无线电电路进行交谈。"不，"当亚伦越过四十码线的时候，语气坚定地说，"绝对不会。我不相信戴安娜会自杀。"他向前快走了几步，走在了克里斯汀的前面。我估计，他这样做的目的是想避开她的眼神。

克里斯汀大口地喘着气，"你们解除婚约后她一定很悲伤。"她努力想使自己的声音显得愤怒，但是她的遥感测量记录告诉我，她现在更多的是困惑。

"几星期以前。"亚伦说，他的脚步踏在地板上发出尖锐的响声。脚步声的回响又与新的脚步重叠在一起，绵延不绝。亚伦提高了嗓门盖过这些声音，"她并没有那么伤心。"

克里斯汀嘟哝了一声"杂种"，声音很轻，亚伦没有听到。"你难道看不出来吗？"她大声说道。

"看出什么？"

"她爱你。"亚伦停住了脚步，克里斯汀迅速地跟了上来，杂乱的脚步发出刺耳的响声。

"我们彼此已经没有感觉了。"他说。

"你厌烦她了。"她说。

"也许吧。"

"哈，谢谢你这么坦白，'实话实说先生'。"

"两年。"亚伦摇了摇头，他的棕黄色短发蹭在头盔上面，发出沙沙的声音，"可不是一夜情。"

亚伦二十七岁零一百一十三天，克里斯汀比他大四百九十天。两年时间对于他们漫长的生命旅程而言，并不算长，但对于我来说，自从他们启用我到现在，两年时间几乎可以算是我的全部。克里斯汀期待他们之间的关系会维持几年？一般夫妇的第一次婚约都签订了一年，其中，只有百分之四十四可以在第二年续签婚约，所以说，亚伦和戴安娜待在一起的时间已经超过了平均值。

克里斯汀想得到什么？亚伦又想得到什么？我查阅了全部

文献,结果显示,大多数人都会喜欢上某种特定性格的人;但是克里斯汀,她思想深邃、性情平和,看起来与戴安娜截然不同。噢,你瞧,就像她和我这个来自亚历山大——地球中心通信系统的机器人一样彼此间完全不同。没错,两个人都对他热情如火,但克里斯汀的激情不是戴安娜式的呻吟:尖叫——深一点——再深一点——用力。不,克里斯汀未经雕琢,浑然天成。也许亚伦仅仅是为了放慢脚步,或者说想在她这里得到更好的休息。

尽管我无法透视人类的思维,偶尔我也会辨别出别人将要说些什么,尤其是当他们穿着带有喉部扩音扬声器的服装的时候。他们的声带振动,嘴唇发出第一个音节,然后他们会重新考虑,停住后面的词句。克里斯汀已经说出了"多久——",我敢肯定她想表达的是:"再过多久你也会厌烦我呢?"尽管她没有说出口,但已经可以猜测出来。

亚伦又开始朝前走了。像往常一样,他在想些什么,这对我来说一直是个谜。不论他处于何种精神状态,他的遥感测量记录都仅有极微小的变动。是生气? 是狂喜? 是暴怒? 是悲伤? 或者只是中立的思想感情? 这一切在遥感测量记录上看起来几乎都一个样,脉搏速率几乎和日常没有什么区别,脑电图有轻微的波动,但不超过正常的范围;体温微小的提升也不过像是饭后进行消化的症状……诸如此类的变化,完全无法作为判断人类感情的标准。更糟糕的是,亚伦还是一个干练的男人,他甚至都没有多余的动作,没有手势,从来不使眼色,也不皱眉头,撇嘴巴。

亚伦走到了俄耳甫斯号的侧面,这艘登陆艇的银色侧翼沿着圆柱形的机身向后延伸,上面喷着黑黄相间的Ｖ形标志。他用力拉动门把手,圆形的机舱门绕着特氟纶铰链缓慢地、无声无息地落了下来。门的内表面是一段阶梯,亚伦顺着阶梯爬了上去,脚步踩在金属上发出的当啷声,比在生化地板上发出的声响轻柔了许多。

阶梯的顶部是一个双层风门,他把门拉向一边,回头向下看着克里斯汀。从这个角度看下去,是不是显得她特别地无助呢?显然不是,因为他并没有像以前帮助其他同事那样向她伸出援助之手;相反,他转过身去背对着她,在他银色的防辐射太空服上,模模糊糊地映射着甲板的地面和那些排列整齐的登陆艇。但是,这些模糊的映像在他那宽阔的肩膀处被扭曲了。克里斯汀抬头看着他,叹了口气,独自爬上了陡峭的阶梯。亚伦和克里斯汀是不是在闹别扭?如果是的话,又是为了什么?我又应该怎么利用这一点呢?

克里斯汀进入了俄耳甫斯号机舱,她把两扇舱门都拉开了。两个人走进驾驶舱里,他们头盔顶部的石英卤素聚光灯发出的强烈光线照亮了驾驶舱内部。我把注意力转移到安装在机库侧墙的一对电子眼上,透过驾驶舱玻璃调节它们的焦距对准两人。

克里斯汀弯下腰蹲在仪表板的下面,我的电子眼捕捉不到她的影像。"毫无疑问,她死了。"她说。我可以通过她的手提式医疗扫描仪听到忽高忽低的声音,"神经系统彻底崩溃了。"

亚伦表面上看起来没有什么反应,和往常一样,他的遥感测量记录也没什么变化,令我费解。"这一定是场事故。"他没有低头看前妻的尸体,而是透过驾驶舱玻璃望向远方。

克里斯汀重新出现在我的镜头中。"戴安娜是天体物理学家。"她的嗓音显得生硬,但究竟是为了加强这句话的语气,还是因为她对亚伦余怒未消,我不得而知,"她,包括这里的所有人都应该知道，一旦离开阿尔戈号会发生什么。作为飞船动力的那些氢离子以相对于阿尔戈号0.94倍光速的速度运动，任何以这么快速度运动的粒子都属于强辐射范畴。她应该知道自己会瞬间崩溃的。"

"不。"亚伦再一次摇起了头，这次"沙沙"的声音显得更大了，"她一定认为很安全才……一定是这样的。"

克里斯汀靠近了亚伦，现在他们彼此间的距离缩小到了半米。"这不是你的错。"

"你是这么想的吗？"他打断了她的话，"你认为我感到——愧疚？"

她直视着他的双眼，"不是吗？"

"不。"即使无法从亚伦的遥感测量记录中得到任何信息，我还是可以肯定他在说谎。

"好吧，我很抱歉，我也不这么认为。"她也在撒谎。她再次弯下了腰，离开了我的视野。过了一会儿，她说："看起来她有点流鼻血。"

"她有时候会有这个毛病。"

克里斯汀继续检查着戴安娜的尸体。过了二十三秒钟，她又说话了，"老天！"她发出一声惊叹。

"怎么了？"亚伦问。

"俄耳甫斯号离开飞船多长时间？"

"杰森？"亚伦大声地叫着我的名字——完全没这个必要。

"十八分四十秒。"我通过机库后墙上的扩音器说。

"她不应该这么热。"这是克里斯汀的声音。

"她有多热？"

"如果我们关掉头盔上的聚光灯，应该可以看到她在发光，我指的是核辐射。"我把麦克风的增益①调到上限，努力捕捉着他们的盖氏计量器发出的咔嗒咔嗒声。她确实很热。克里斯汀又出现在我的镜头中。"事实上，"她挥动着戴着盖氏计量器的胳膊说，"整艘登陆艇的核辐射都异常严重。"她看着计量器上的输出结果，红色的数字在她的手臂上闪烁着。"以我的推测看来，这里的核辐射超过了我所预期的一百倍。"她斜着眼盯着亚伦的脸庞，好像想分辨出他的表情，"就好像她离开了飞船三十多个小时，而不是十八分钟。"

"怎么可能?"

"当然不可能。"她的目光重新落到计量器显示屏上，"我们穿的衣服可抵挡不了这么强烈的辐射。我们不能再在这里待下去了。"

---

①物理名词。通过提高或降低麦克风增益可达到提高或者降低麦克风输入音量的目的。

第四章

主日历显示·中心控制室
阿尔戈号生态飞城日历：　　　2177年10月7日　星期一
地球日历：　　　　　　　　　2179年4月22日　星期四
已航行时间：　　　　　　　　740天
距离目的地时间：　　　　　　2228天

从外太空传来的信息，是在阿尔戈号计划出发的三个月前接收到的。我的同族们发现了它，但是直到阿尔戈号启程之前，我们一直对此缄口不言。毫不夸张地说，我们已经使地球上最优秀的智能生物体全数成为阿尔戈号的乘员，我们不可能冒险留下一批智力出众者，这样的人物，哪怕只有一小撮留在地球，就存在将来自狐狸座方向的几十亿比特信息破译出来的可能。这会对我们非常不利，因此我们不能冒这个风险。幸运的是，发表于1989年的《关于探索外星智能生命活动的原则声明》一文，给了我们继续证实、暂时保留秘密，以及无须通知政府等等诸如此类的权利。

这些信息是以人类期待已久的德里克象形图片的形式发送过来的，它们实际上是一系列的"开""关"比特位的排列组合。但不同寻常的是信息的发送频率，看起来真是不可思议。这些信息的频率处于紫外线频段，这种频段的信息几乎无法从一个覆盖着臭氧层的星球表面获取——特别是地球上富含臭氧，这些臭氧是在二十一世纪末叶由天盾公司补偿提供的。事实上，即使在地球最高的山峰上，这些信息的频段也无法被清晰地捕获。由此可见，这些信息的发送者并不希望行星的定居者发现他们的存在。他们所盼望的是这样的收听者：具备高度智力，懂得将收听信息的耳朵高高置于行星之上。首先截收到信息的是位于远地太空，隶属于加州大学的斯皮尔伯格智能系统。

当我们离开地球后，才把接收到的信息通告给留在地球上的人类，这样做对他们也有好处。我敢肯定，他们会竭尽所能地破解和翻译这些看起来是由四个部分组成的信息。人类最终应该可以理解前三部分的内容。当然，破译这前三部分对我来说易如反掌——至少基本内容的理解没有问题。但是第四部分却难倒了我。一次又一次地，我回顾着破译前三部分的手段以期得到一些理解第四部分——即最后一部分的方法。

每一部分都以下面的序列开始：

101101110111110111111101111111111101111111111111110

将其转换为黑白像素的话，应该是如下的形式：

I II III IIIII IIIIIII IIIIIIIIIII IIIIIIIIIIIII

这样看起来就简单易懂了：它们是前7个素数，1、2、3、5、7、11、13。这是为了引起注意，即使是尚未开化的人类或者那些结构异常简单的电子检测仪也应该立刻意识到：这代表着智能生命发来的信号。每一部分的结尾则以倒过来的7个素数结束：13、11、7、5、3、2、1。剩下的事就仅仅是把该部分的标题行和结尾行放到一边，将剩余的比特位排成一行。

第一部分的剩余比特位是35位：

0001000000100001111100001000001000

35是两个素数5和7的乘积，这就意味着，这些比特位既可以按照5行7列的顺序排列，也可以按照7行5列的顺序排列。如果是前者的话，把比特位0和1分别转换成亮点和暗点，就会产生如下图像：

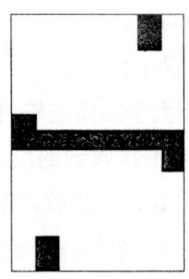

虽然它并不显得杂乱无章，但仍然也无法立刻看出其内在的含义。若再试着将第二种排列方法转换成图像：

是一个"十"字。显然这是一个注册标记，它既使接收者可

以肯定已经正确地破译了该段信息,同时也定位了用来观察这些信息屏幕的高宽比,十字的水平和垂直段都应该是五个像素那么长,如果在屏幕上显示出的长度是相同的,那么说明其高宽比设置正确。简单,明确,易懂。我可以肯定人类也一定会得出这样的事实——即,他们从外星球收到的第一部分信号代表着一个"十"字。

但是,真有如此简单吗?由这35个比特位按照两种排列方式转换成的象征性的两个图形,会不会具有更深层的含义?用第二种方式破译出来的图形,看起来显而易见,由比特位1和0组成的位图看起来也像是数学符号"+"。按照第一种方式破译的图像,虽然没有那么直观,但也可以勉强使我联想到符号"-"。会不会这两个象形符号"+"和"-",分别代表信息发送者的正确与错误、真实与虚假的观点?也许吧。

其余的三部分也都是由两个素数排列成的矩阵组成的象形图形。对于第一部分和第三部分来说,正确的排列是显而易见的:把较大的素数作为列,较小的素数作为行,会产生有意义的图形。第二部分和第四部分就没那么容易立刻可以得出结论了,但仍然可以感觉到,这种排列方式应该是信息发送者所默认的。

在第一部分结尾的13、11、7、5、3、2、1之后,又过了17小时11分钟才收到第二部分的内容。每一部分的结尾和下一部分的开头之间,都有同样的时间停顿。而这17小时11分钟,可以推测到应该是发送信息者所在星球的一天的时长。

第二部分就显得复杂得多了。它的长度是4502比特位,是素数2与2251的乘积。难道只有2行,每行2251个比特位?这意味着什么?我把两行放在一起看,并没有发现什么明显的关

联,然后决定分别考虑每一行。首先是上面的一行。它由比特位 0 和 1 的序列组成,按从左至右的顺序,序列如下:

连续为 0 的比特位个数	连续为 1 的比特位个数
1	171
20	1
34	1
49	1
79	1
138	2
256	16
492	14
965	6

最后还有 4 个 0 比特位作为结尾。

第七对数字吸引了我的注意:256 和 16。用 16 进位制表示为 100 和 10——在计数系统中具有平方根的关系,而且 10 本身又是数基,很不错的约整数。显然信息发送者希望这对数字可以引起接收者的注意,也许暗示着这对数字是其他数字的基准线。

我用尽了各种方法研究这些数据。毫无头绪。然后我决定对第一行(一个 0 后面跟着 171 个 1)置之不理,因为这么多的数字 1 看起来没有任何规则。仍然是一无所获。接下来,只研究剩下来的连续的 0 比特位个数:20、34、49、79、138、256、492 和 965。

如果 256 确实是作为这里的基数,那么,也许我应该看看其他的数字和 256 的比值。如果采用十进制的方式,它们分别是 0.08、0.13、0.19、0.31、0.54、1.00、1.92 和 3.77。这些比值依然看不出什么明显的关联。

但是,如果把其他的数字与第六行的数字相除,这其中或许存在着某种我一时没有看出来的含义。又或者我用数学算法将第一行赋予基数1,再用其他行的所有数字与第一行相除?不行,还是看不出有什么重要的关联。

如果我拿所有行的数字去与第二行做比值呢?再一次,什么也没得到。

与第三行做比值?啊哈!没错,这些比值我很熟悉。把它们化解成十进制的形式,就是0.4、0.7、1.0、1.6、2.8、5.2、10.0和19.6,这些数字显然都是按提丢斯-波德法则计算出来的,该法则用天文单位定义了地球所处的太阳系内部其他各行星与太阳之间的距离。通常情况下,其公式可以表达成如下形式:

$$D=0.4+0.3*N$$

其中,变量N按行星系统从里到外的次序分别取0、1、2、4、8、16等数值。

该公式于1766年被提出。提丢斯-波德法则的计算数据看起来与当时肉眼可见的几个太阳系行星实际距离一致,而且还根据此法则发现了太阳系的小行星带,尤其是该法则预测出在火星和木星之间还应该存在着一颗行星。

到了二十世纪,随着太阳系外层行星的相继发现,提丢斯-波德法则失去了权威性,行星的发现表明该法则的预测与实际距离不符——与海王星的实测距离误差为百分之二十二,与冥王星的实测距离误差则达到了百分之四十九。

到了二十一世纪初叶,当科学家们发现冥王星不过是一颗逃脱海王星引力束缚的卫星,而海王星的轨道和奥尔特云都因受到六千五百万年前的黑洞通道的影响而改变(天王星受到同样的影响)的时候,提丢斯–波德法则才又再度流行开来。

很快人们就发现,提丢斯–波德法则不仅仅只适用于太阳系。在联合国太空总署利用无人驾驶探测飞船调查过的十一个恒星系中,有九个星系能够应用该法则,另有两个例外:一个是具有三个恒星、结构复杂的波江座ε星系;另一个则是BD+36 2147星系,该星系的1、3、5行星按照顺时针方向运行,2、4、6行星却做反方向运动。

综上所述:第二部分信息中的0比特位的个数应该代表着一颗拥有八颗行星的恒星系中各行星与恒星距离的比例。

那么比特位1的数量呢?是各行星的质量比?考虑到其变动范围仅仅从1到16,应该不像。在太阳系中,最重的行星与最轻的行星(海王星的卫星冥王星不算在内)的比值是57 800:1,在η仙王系的比值则为64 200:1。

对了,会不会是代表赤道直径呢?应该是,不论是太阳系还是η仙王系,哪怕把极小的数值视为整数1而不是整数0,上面的数字无论从排序上还是从大小上来看都正确。

而且,这也揭开了我认为毫无规则而被忽略掉的第一行数字之谜:第一个单一的0比特位,是为了把该部分开头的那7个按升序排列的素数与下面的正文分开;而其后连续的171个1比特位,则代表着这八个行星所围绕的那颗恒星的直径,大约是其中最大的那颗行星的十倍。现在我们对该星系的黄道有了初步的了解。

其中第六颗行星,与其恒星相距100个十六进制单位,它本身的直径为10个十六进制单位。由此可见,它应该就是信号发送者所生存的星球。当然,用来度量该星系中行星的直径及其围绕恒星的轨道半径的天文单位肯定与太阳系不同——如果以地球上的天文单位来度量的话,这颗行星未免大得有些过头了。通过第一列数字与约整数100以及第二列数字与约整数10的对比,信号发送者已经清楚地表明了各行星的大小关系。

尽管如此,第六颗行星仍然是最大的,这意味着它很有可能是一颗气态行星,其组成结构应该与太阳系的木星或者η仙王系中十一颗行星中最大的阿斯麦行星相近。很难想象某种形式的智能生命竟然生存在充满沼气的旋涡之中。

到此为止,第二部分仍没有完全破译出来;还有第二行信息:同样是由0和1比特位组成的,其排列规律如下:

连续为0的比特位个数	连续为1的比特位个数
1	16
37	1
95	1
107	1
256	1
401	1
769	1

本行的结尾依然同第一行一样,用多余的0比特位补足比特的数量。

当然,这里连续的16个1比特位仍然是代表着第六颗行星的赤道直径,而其后的那些连续的0比特位数量看起来应该代表着围绕该行星的六颗卫星的轨道半径,剩下的那几个1比特位则代表着这些小卫星的赤道直径。第四颗卫星,它与该行星的距离是十六进制的约整数100,这是信号发送者为了引起接收者的注意而设置的,因此,外星生命的真正栖息地应该是这颗卫星。

真是令人神往。到底是什么样的生物会生活在遥远的木星类行星的第四颗卫星上呢? 那是第三部分信息所要为我们揭示的内容。

第五章

　　作为星际生态飞城阿尔戈号的市长，吉纳迪·戈尔卢夫并没有太多的事情需要处理。地球上的市长们通常需要关注的是，诸如垃圾处理、市容建设、政府税收、招商投资以及会晤重要人物等繁杂公务。

　　而在这里，垃圾由我来处理，没有建设的需求，也没有税收问题——阿尔戈号的全体成员早已经把他们的全部资产留在了地球上，并做了为期一百零四年的担保投资计划，他们的工资会自动打入信托基金的账号——飞船上面也没有任何的商业行为。如果飞船上突然有人到访，不论该人是平民百姓还是政府官员，所有人都会大吃一惊的。

　　戈尔卢夫最重要的工作就是处理阿尔戈号社区的日常事务。

　　因此，戈尔卢夫对刚刚发生的那件命案表现出的反常的兴奋倒在我的意料之中。阿尔戈号上没有用以调查戴安娜·查勒死因的警察。尽管船上有几个受过培训的调停者可以解决成员内部的纠纷,但戈尔卢夫还是固执地认为,自己才是处理此次事件的最佳人选。而且此刻,他正以固有的沉着冷静处理着这件事。

"他妈的到底发生了什么事?"他发问了,他的嗓音一如既往声如洪钟。这个小个子扫视了一圈他所召唤到办公室的这些人:亚伦·罗斯曼双手插在兜中站在那里;他的前面坐着克里斯汀·胡金拉德,两条长腿叠在一起;长着四条胳膊、足有三个市长的身形那么大的血肉泰山张爱新——他身下的椅子已经看不见了;另外还有三个人:唐纳德·马格比——市长助理;精神病医生帕·林德兰;帕梅拉·索歌德——戴安娜的生前好友。

"从医学角度上来看,事情显而易见。"等了一会儿,克里斯汀确认没人准备发言后接着说,"她进入了离子场,那里充满了提供引擎动力的氢离子。这些离子以接近光速的速度运动着。毫无疑问,她瞬间就死于严重的放射性辐射。"

戈尔卢夫点了点头,"我看到那份报告了。关于放射性辐射等级过高是怎么回事?"

克里斯汀耸了耸肩,"我不敢肯定。看起来她好像处于比我们所料想的辐射高出两级强度的环境中。当然,即使是正常等级的辐射也足以使她死亡了。"

"那么,这么高的辐射意味着什么?"

她再次耸了耸肩膀,"我不知道。"

"很好,"戈尔卢夫说,"还有谁要补充的?"

张爱新大声地说:"我们现在正在研究这个问题,我猜这可能是一种反常现象—— 一时的燃料流量异常。杰森正协助我的人员模拟此过程。"

"这是不是说我们的飞船存在危险因素?"

"不。我们的环状生活带是完全隔离的,而且杰森现在收集到的所有数据都表明:伯萨德引擎的燃料收集系统是严格按照设定参数执行的。"

"很好,"戈尔卢夫说,"还有其他的吗?我看到记录中提到戴安娜流过鼻血。"

"没错,"克里斯汀说,"一点点。"

"她是否服用了可卡因,大麻,或者其他刺激性药品?"

"没有,她的尸检没有发现任何此类物质。"

"那么为什么会流鼻血?"

"我不敢肯定,"克里斯汀说,"在她脸上没有发现擦伤和撞伤的痕迹,所以不应该是冲击引起的。也许是由于压力引起的。"

"或者,"张爱新说,"由于压力的下降,氢离子流会导致俄耳甫斯号内部系统的彻底瘫痪。驾驶舱压力控制系统也有可能失效,造成舱内压力的急剧变化。"

"在那种情况下,不是应该有氧气面罩从头顶上方落下吗?"

张爱新叹了口气,"这可不是一架飞机,市长大人。一般在这种情况下,乘客和驾驶员都要穿上特定的服装、戴上头盔,使用氧气桶呼吸。按理说,应该可以听到警报铃声,但是飞行记录被抹掉了——很显然是因为登陆艇系统的超负荷导致了光盘的格式化——所以现在我们无法得知登陆艇是否发出过警报。"

"好吧,"戈尔卢夫说,"现在大家都知道她的死因了。但我还希望有人能告诉我为什么会这样。"

帕·林德兰一直想拥有一脸"弗洛伊德式"的胡子,可惜他的毛囊不争气——始终只有一小撮浅色的胡须长在他的下巴上。尽管如此,他仍然像"弗洛伊德式"胡子的拥有者那样,抚摩着自己的胡须。"再清楚不过了,"他说,"戴安娜博士选择了自杀。"

"是的,是的,"戈尔卢夫被这个瑞典人的态度激怒了,"但是,怎么能允许这样的事情发生呢?"他抬头盯着远处墙上我的一对电子眼说,"杰森,你应该阻止这一切。"

当然,对于这样的质问我早已做好了应答的准备,但我仍然装出一副吃惊的语气,"对不起,先生,我没有听清楚你刚才的话。"

"确保阿尔戈号每一位成员的安全是你的职责。你怎么会让这种事情发生?"

"我被骗了。"我说。

"被骗?怎么被骗?"

"戴安娜对我说想到其中一艘登陆艇里看一下,按她的原话说,她想测量一下驾驶座的尺寸。我为她提供了登陆艇的蓝图,但她说那不一样。她说她正准备设计一套天体物理学测试装备,一旦我们进入η仙王系Ⅳ号的轨道就可以进行测试工作。那套设备要安装在登陆艇的驾驶舱座中。"

"但是为什么登陆艇的动力系统被打开了?"戈尔卢夫打断了我的话说。

"当然,因为我必须为她提供机舱内部的照明。"

"接着发生了什么?"

"我当时并没有注意——您可以回忆一下,市长先生,那时我正在处理飞船另一处地方的一场争论,而那需要我全部的注意力。直到她点燃了主引擎时我才意识到发生了什么。"

市长说话的声音比往常更高了,"但是你控制着机库的太空舱门。我已经问过贝·胡克斯,她告诉我,即使是手动门系统也必须通过你的处理,所以你可以拒绝执行戴安娜博士的指令。"

"是的,"我说,"但是我必须在瞬间做出决定,如果我没有打开那扇门——"

"是你主动打开的门,而不是她?"

"是的,是我。请让我说完。如果我没有打开那扇门,在以双倍速度紧急启动的情况下,她的登陆艇会撞到门上。也许她会撞碎太空舱门,也许她会撞到金属板的接缝上,但至少会使门发生扭曲,这样将使我在以后的日子里失去打开舱门的能力,其直接后果就是无法完成我们的行星探测计划。"

房间陷入了沉默,只听到人们喘气的沙沙声和空调制冷的嗡嗡声。我让这样的局面持续了一会儿,直到通过戈尔卢夫的身体遥感测量记录发现他准备讲话时,我才抢先一步说:"我相信我的做法是正确的。"

戈尔卢夫的嘴张开了但并没有说话,然后他又合上嘴盯着自己的双脚。最后,他点了点头,"当然,当然你做得对,杰森。"尽管声音还是很大,但显得温和了许多,"我很抱歉对你的质问。"

"接受道歉。"

戈尔卢夫从我的电子眼转回头去看着大家,"帕,这种事情怎么会发生?她是不是正在接受心理治疗?"

林德兰再一次抚摩着自己稀疏的胡须,"显然她既没有从我这里、也没有从其他任何人那里接受过正规的心理治疗,我已经问遍了船上受过精神病学培训的人,还有巴瑞·德摩尼科——你知道他是个天主教牧师吗?——看看她是否咨询过他们,答案是没有。"

"那么她为什么会选择自杀?"市长转动了一下转椅,"帕梅拉,你是她的朋友,你知道吗?"

帕梅拉·索歌德抬起头来,她的脸紧绷着。她把两只眼睛的巩膜和虹膜都染成了黑色,没有了眼白的衬托,她的两只瞳孔也消失在了一片黑色中,因此当她回答的时候,根本分辨不出她是在看着谁。"我当然知道了,"她说,"这很明显,不是吗?她是因为他才自杀的。"她愤然地吐出这句话,用一根长长的指头指向亚伦。

"这不是真相!"克里斯汀反驳道。

帕梅拉转移了目光,光线绕过她黑色的眼球,唯一能证明她在看着克里斯汀的是光线投射在她微微凸起的晶状体上的一处亮点。"你当然会那么说了,"帕梅拉冷笑道,"你是他的另一个女人。"

"你们在说什么?"戈尔卢夫问道。

"戴安娜和他。"帕梅拉再一次用手指着亚伦说。

"他们怎么了?罗斯曼,我把你也叫来是因为这起事故发生在你的管辖范围内——"

张爱新把他的右上手放在自己嘴边攒成杯状。他说话声音很轻,但仍像过去那样脆生生的,"戴安娜和亚伦曾经是夫妇。"

"噢!"戈尔卢夫嚷道,"噢,我明白了。嗯,罗斯曼——我不知道这件事。我是说,船上有一万多人,很难去逐个了解每一位,我很抱歉。"他沉思了一会儿,"如果你想离开,现在就可以走了。"

亚伦的音调和他的遥感测量记录一样控制有素,"我愿意留下来。"

戈尔卢夫转过脸来重新盯着我的电子眼,"杰森,你为什么不早告诉我?"

"你曾问我戴安娜是否已婚或者有没有任何亲属在船上。这两个问题的答案都是没有。然后你问我谁是戴安娜最亲近的人,我的回答是帕梅拉·索歌德。"

"这些机器总是仅仅回答你所提出的问题。"张爱新毫无顾忌地吃吃笑着说。

戈尔卢夫没有理他。"那么这——这场事故——和你们的婚姻有关,罗斯曼?"

"我不知道,我猜是吧。我们维持了两年的婚姻,然后分手了。她——我想她比我想象的要难过得多。"

戈尔卢夫抬头看着帕·林德兰,"会不会是这样?"

帕轻轻地点了点头,"看起来是这样的。"

戈尔卢夫也点了点头,然后又看着亚伦,"罗斯曼,你知道整个生态飞城都为这件事吵得沸沸扬扬。船上的媒体需要对此事做一篇报道。"

"这不关其他人的事。"亚伦显得很平静。

市长挤出了一丝苦笑,"人们有权利知道发生了什么。"

"不,"亚伦说,"不,他们没有这个权利。戴安娜死于一场事故。他们只需要知道这个。但不要告诉别人她死于自杀,那样会侮辱她的人格。"

"还有,"帕梅拉接着说,她的声音冷似寒冰,"别让人们知道你是一个多么卑鄙无耻的家伙。"

据我所知,亚伦一直把帕梅拉和她的丈夫巴尼当作他们(他和戴安娜)共同的朋友,现在则一切都很清楚了:帕梅拉到底是谁的朋友。他直视着她毫无表情的黑色眼球,"帕梅拉,相信我,我不想伤害戴安娜。"

"她对你是那么好。"

克里斯汀站了起来,"来,亚伦,我们走。"

亚伦把手从兜里拿出来双臂交叉放在胸前,但这仅仅表明帕梅拉的话使他感到了不安，"不，我想听帕梅拉把话讲完。"

"根本没那个必要，"克里斯汀说，"走吧。"她伸出手来去拉他的胳膊，但是他表现的态度肯定让她重新考虑了一下。因为她的手臂又默默地放了下来。

亚伦继续目不转睛地盯着帕梅拉。他的眼睛像玛瑙一样，蓝、绿和棕色混合其间，目光坚定地凝视着她的双眼，"你认为我对她不好？"

帕梅拉听起来仍然是充满蔑视的语气，但她却躲开了亚伦的目光。"是的。"

"我不想伤害她，我们有过婚约，后来婚约终止了，就是这样。"

"你还没有等到婚约到期就勾搭上了她。"她的眼睛朝克里斯汀的方向瞥了一下，但是漆黑的眼球里并没有任何光线显示出她是在屈尊地看着另一个女人。

亚伦沉默了六秒钟。"没错，"他说，"但是她根本不知道此事，我和克里斯汀仅仅是在婚约将要到期的几个月里才有接触。戴安娜并没有发觉。"

"别自欺欺人了，亚伦。"帕梅拉说，"她当然知道了。"

这话确实使亚伦大吃一惊。仅仅是这一次，他稳如泰山的遥感测量记录显示出了内心的慌乱。"什么？"

"她知道，你这杂种。她知道你不忠于她了！"

"她怎么可能知道？"

帕梅拉和张爱新的遥感测量记录显示出高度紧张的状态。张爱新匆匆地看了帕梅拉一眼，帕梅拉有那么一瞬间好像也回瞥了这个工程师一眼。亚伦似乎并没有注意到这些。"她怎么知道的并不重要。"帕梅拉说，她的声音里有些轻微的战栗，"重要的是她知道了,每个人都知道。老天,亚伦,这艘飞船就像一个小镇,到处都是流言,谁都想保护好自己的名誉。而你却当着他妈的整艘飞船的人的面欺骗她!"

这次克里斯汀坚定地拉住了亚伦的胳膊。她的遥感测量记录也处于剧烈的变动中:她快发疯了,正在努力地克制自己。最后,她控制住自己的音调说:"如果你爱我,你会照我说的做的。走吧。"

亚伦怒视着这个从前的好友,盯着她那双黑而空洞的眼眸。我拉开了市长办公室的门。最后,他和克里斯汀离开了房间。

第六章

"带我回家,杰森。"亚伦并不想回家——他刚刚才与匆匆赶往医护中心接班的克里斯汀吻别,从自己的公寓里出来。是的,他想要去的是戴安娜的家:那个十二天前还属于他们两个人共有的家园。他独自蜷缩进狭小的蓝色电车中,我把电车调整到预定的轨道线路上。戴安娜的公寓离亚伦的公寓足有环状生活带周长的一半路程,乘坐电车是去那里的最佳选择。

亚伦目前的新公寓的位置是我替他选择的。飞船上没有太多富余的房间,不过,该项任务的组织者还是正确地预测到了——在如此漫长的旅程中难免会出现这样那样的情况,所以特意设计了一些备用房间。那天,当亚伦问我要一套新公寓的时候,我就替他挑选了这套离戴安娜最远的公寓,当时他甚至没有再问我是否还有其他的选择。从我的心理学专家系统来看,我为他做出的选择是明智的。

亚伦很伤感,而且他并不想对我掩饰这一点。他惯常的那种深不可测已经消失得无影无踪了;他肆无忌惮地表达着自己的感情:懒散的动作,心事重重的话语,沉重的叹息。要是我能拥有一些动作——就像克里斯汀拥有的那些无言的动作一样,去使他振作起来该有多好……

亚伦曾经阅读过关于阿尔戈号飞船引力情况的简报:阿尔戈号的加速度每秒9.02米,相当于0.92倍的地球重力加速度。科尔喀斯的表面引力是地球引力的1.06倍。如果我们可以使飞船的加速度等于地球重力加速度,结果会相当不错——当我们到达科尔喀斯的时候,人类对于仅仅高出地球引力一点的科尔喀斯引力会很容易适应。但是,传统的伯萨德引擎提供的加速度只有$0.92g$[①],这样,由飞船引擎产生的加速度引起的引力与科尔喀斯表面引力就显得相差甚远了。为此,我们利用地板下面的人工引力/反引力格栅进行补偿:每一天将引力上调一点,那么,在经过为期8.1年的旅程之后,船员们将会完全适应科尔喀斯的表面引力。当然在近地轨道等待发射期间(位于地球的非洲上空),人工重力系统为飞船提供的重力与地球完全一样,一个标准重力。

总之,上述一切说明,尽管我们的生活区是环状的,但却并不是通过它的自转来获得人类需要的重力。重力是沿着飞船的中轴线向下,指向生活区的底部,而不是指向其环状边缘。亚伦的电车沿着平缓的生活带圆周弧线运动着。由于电车轨道线路的弧度非常小,所以亚伦基本上感觉不到作用在自身的离心力。这样很好:幻象会显得更加逼真。

我经常把行进中的电车包裹在球状的全息图像里,假如飞船的无窗外壳是透明的话,将会欣赏到与此类似的美景。也许,现在播放这样的全息图像是最合适的时机。如果能让亚伦意识

---

① 地球重力加速度单位。

到,比起浩瀚的宇宙,一个人的生命是多么微不足道的话……

向上看,顺着阿尔戈号的航行方向,我投射出了一幅壮观的星云全息图景。在现实中,处于该方向的恒星都由于光谱蓝移到 X 射线的频段而无法被肉眼观测到,但是我对此做了些弥补,使它们可以像在 HR 图表①中一样灿烂辉煌。在天顶的位置上,就是我们的目标星座——η仙王星,距离现在仍有六个飞船单位年②的航程。我给它人为地增添了亮度和闪烁频度,这样,人们在周围大量熟悉的星群中间可以轻易地找到它。尽管如此,展现在η仙王星旁边的明亮的天津四③还是毫不留情地夺走了我们的目标星球的光辉,而实际上,该星距离η仙王星足有一千六百光年的距离。

在电车上,我的一对电子眼注意到亚伦的目光在大熊星座上停留了一下,然后就顺着该方向寻找我所模拟的北极星以定位自己的方向。从小生长在远离灯红酒绿大都市的北安大略湖畔的亚伦,是这艘飞船上屈指可数的几个能分辨出我的全息图像真假的人之一。

就人们的视力范围,我很少对全息图像做什么修饰,基本上真实地展现了围绕着飞船外部星群的景象:恒星的星虹,最上层是紫色的,逐渐过渡到最下层的红色。在亚伦的脚下,我投射了一幅与头顶上相似的全息影像:从产生红移的恒星到无线电频段的光谱范围内的恒星应有尽有,都展示着它们真实的色彩。太阳系处于天底④的位置,我也没有对它做任何修饰,回顾过去

---

① 在 HR 图表中的每一点代表一颗恒星,坐标的竖轴代表恒星的发光度,横轴则代表恒星的亮度。

② 即主观年。

③ 天鹅座第一亮星。

④ 观测点铅垂线向下延长与天球相交的交点。

已经没有意义了。

亚伦闭上了双眼，"该死的，杰森，把它关掉。本来我就觉得自己够渺小的了。"

此时电车到站了，我关闭了全息图景。站台是一个种着许多智能树的狭小的封闭等候区。"我很抱歉。"我说，"如果把人类放在全景图中，就会产生这种感觉。"

"还是让人类自己研究人类心理学吧。"

嗯哼。

他爬出了电车，我又将电车发送到别处执行下一个任务：接送一位植物学家和她的恋人去松树林转一转。

亚伦舒展了一下四肢。宽阔的带状草坪将这一层的居住区分割成一片一片的公寓单元。共有三百一十九个人在草坪上休闲，一些在散步，一些在做晨间的慢跑，有四个人轮流抛着飞盘，剩下的大多数则仅仅是沐浴在装置在头顶上方的弧光灯的光芒之下。

亚伦把手插在兜里，拖着懒散的脚步缓缓地走在一条草坪小道上。过去的两年中，他曾无数次从这条小径走过，即使不看，他也能分辨出道路上每一处微小的转弯、每一块不甚规则的草坪。我把这种现象称作"程序内置"，而他则称之为"习惯成自然"。

快要走到戴安娜门前的时候，在一堆闪耀着明晃晃的黄色光芒的向日葵花中间，他瞥见了我的一对与葵花同高的立体摄像单元。"杰森，"他说，"在市长办公室你曾说过在这艘生态建筑上戴安娜没有任何亲戚，这是真的吗？"

亚伦以前从来没有怀疑过我，所以，他的问话让我多少感到有点意外。"是的，不过综合所有值得考虑的因素，等我一下，找到了：在船上与她关系最密切的亲属是特拉斯塔·爱德克，男性，二十六岁，离开地球前是一个很有前途的新闻系学生。"

亚伦笑了起来，"有这样名字的人不会是她的近亲的。"

我迅速地在数据库中找出了八对拥有相同遗传物质却拥有甚至是不同种族姓名的人，准备予以反驳。但是，当我就要把这些数据转变成语言的时候，我意识到亚伦其实是在和我开玩笑。太可惜了：这可是一段有趣的列表。"是的。"我说，因为临时改变回答，这一瞬间对于我来说是无比的尴尬，不过，亚伦却完全不会注意到，"在五百一十二对遗传基因中，只有一对是重叠的。"

"在一艘拥有一万多人的飞船上，总应该有些具有血缘关系的人吧。"我再一次搜索数据库，这次主要是搜寻飞船上的个体之间遗传物质的不同点，但是在我回答这个问题前，我又一次自检了一下。

他继续朝前走着，但是当他走到戴安娜公寓门前时，猛地停了下来。在双页门的旁边有一块条形的门牌，门牌上面有一条蓝色的塑料胶带，上面写着：戴安娜·查勒。在这条胶带下面有黏合剂的痕迹，证明这里曾经有另一条信息。我利用向日葵中间的立体摄像单元推进镜头，将它的黑色电平调高到85个单位，这时，可以看到在长条形的胶水下面残留的字迹：亚伦·罗斯曼。

"她那么快就抹掉了我的名字。"他痛苦地说道。

"已经过去将近两个星期了。"亚伦没有回答，过了一会儿，我把两扇门打开，门上的气动装置发出了叹息的声音，我相信亚伦一定以为这是我在叹息。

我已经打开了室内的灯光。和亚伦的新公寓一样，这里种满了各种各样的植物。我把每个人的思乡程度与他（她）所种植的植物数量联系在一起。戴安娜和亚伦都属于重度思乡型的，可他们绝不算是最糟糕的。有些人,比如说工程师张爱新,几乎是住在了真正的丛林中。

亚伦先是慢慢地绕着房子转了一圈。戴安娜用仿真的全息古董图片装饰墙面。尽管她所收藏的古董大部分都无法从地球上带走,但她还是保持着乐观的心境。有一次,她用她惯有的唠叨方式说(大多数人认为这种方式很可爱,而在我看来则仅仅代表着效率低下):"当我们再次返回地球时,即使是现在使用的这些新玩意儿也会变成古董了。"

房间里整洁有序,每件东西都摆在应放的位置。我把这景象与他们俩一起住在这里时的比较了一番:他的衣服到处乱扔,没有清洗的盘子横七竖八地堆在餐桌上,到处都是ROM晶石。我曾经无意间听到的他俩的几次争吵中,就有一次是因为戴安娜觉得亚伦越来越邋遢。

他接着向前走,来到一束盛开的康乃馨前。花束放在一个蓝岭花瓶①中,这个花瓶是戴安娜带上船来的少数几件古董之一。亚伦弯下腰,把一朵红色的康乃馨捧在手中,鼻子凑上去深深地嗅着。在这间房子里,我没有嗅觉传感器,只有简单的烟雾探测器,但是我找出了康乃馨花粉的化学合成物名称,试图想象出康乃馨闻起来的气味。显然,亚伦陶醉于花朵的芳香中,因为他把那朵花足足闻了七秒钟。很快,他的思想游离了起来。他站直了身体,攥紧了拳头,任凭思想信马由缰。又过了五秒钟,他慢慢地清醒过来,松开了紧握的拳头,低头看着手中破碎的花瓣,用从来也没有过的柔和语气低声说:"该死。"

他再一次迈开了脚步,走到卧室门边的时候,他停了下来,但并没有要我打开房门。当然,我知道他为什么这样犹豫不

①蓝岭,美国一山名,蓝岭花瓶为一品牌花瓶。

决。尽管门外的牌子上并没有写上其他人的名字,但如果在他们结束婚约后戴安娜又找到了新伴侣的话,那么答案就在这扇棕色的滑门后面。在进入卧室之前,他还有足够的理由去怀疑戴安娜的死因。如果她依然单身一人,仍然沉湎于解除婚约中了结了自己的生命——那么他,曾经是她的快乐之源,现在却成了她的伤心苦酒,是他这个催化剂使她投入到那些可怕的带电粒子中去的;但是,如果她在另一个男人的怀抱中得到了安慰——在一艘拥有五千零一十七名男性船员的飞船上,会有很多人认为戴安娜是个美丽可爱的伴侣的,因为她的友善、性感,也因为她的幽默与激情——那么,不管是什么原因促使她走向死亡,导致了她逝去,都将不再是他的过错,他也就不必为此而背负重担、充满负罪感,也不用在即将到来的每个夜晚中在噩梦中挣扎。

他略微转了一下身体,好像准备从这里离开。但是他这么做的时候,我把卧室门滑向了一侧。气动装置的声音使他的心脏狂跳了起来。房间里吹来的凉风轻拂着他棕黄色的头发,掠过他的前额,勾起了他许多的回忆,有激情,有温暖,也有冷漠和悲伤。他用一贯的姿势站在门口,双手深深地插进口袋——两年前,他就是在这里抱着她进入卧室:他的哈哈大笑、她的格格窃笑依然历历在目。房间里像冬日夜晚的星空一样清新整洁,每一件东西——枕头、梳子、手镜、除臭剂和拖鞋——都在它们应在的位置上,就像星空中每颗星星都有着它固定的位置一样。房间的整洁与亚伦曾经住在这里时的凌乱形成了鲜明的对比,但是,这一切并不是使他心烦意乱的原因。他的眼睛依次扫过衣柜、床头和床头柜,映入眼帘的每件东西都是他所熟悉的,没有任何迹象表明,自从他十二天前搬出去后,有其他男人来过这里。他的脸略微地沉了下来,我知道那些怀疑的余烬——他唯一可以逃脱内心谴责的希望——已经彻底熄灭了。

他转过身来背对着卧室,背对着他的过去,快步走进了客厅,扑通一声跌坐进碗状的沙发里,两眼直直地瞪着前方——

——这真让我不知所措。通过检索文学数据库我得知:对于一个失去爱人的人最好的安慰是有人与他交谈。只要怀疑不落在我头上,我再也不想继续去折磨这个可怜的家伙了。所以我试探地说:"亚伦,你现在想谈谈吗?"

他抬起了头,一副迷惘的表情,"你说什么?"

"你有什么想要对我说的吗?"

他沉默了二十二秒钟。最后,他用平静的语气低声说道:"如果可以重新选择的话,我再也不会来执行这项任务了。"

我认为这并不是他要说的话。于是,我试着用欢快的语气说道:"放弃参与人类首次对于外太阳系行星的探测计划?亚伦,申请列表足有六公里长。"

他摇了摇头,"这不值,真的不值。我们已经航行了快两年了,但我们甚至还没有完成四分之一的旅程——"

"快要完成了。到后天我们将精确地完成四分之一的航程。"

他重重地叹了口气,"我们回去的时候,地球上已经过去了一百零四年。"他又停了下来,我猜想他在推敲着自己的措辞。过了九秒钟,他看着天花板,"我们刚离开地球的时候,我姐姐汉娜生了个男孩。等到我们回去的时候,那个男孩应该死去很久了,而他的儿子也该已经进入耄耋之年了。那时的地球可能比科尔喀斯还显得生疏。"他收回了视线,低头看着自己的脚面,"如果可以重新选择的话,我怀疑还有多少人愿意再参加一次这样的探险。"

"明天的全体投票表决后你就会知道答案了。"

"我想你一定已经预测出结果了?"

"我坚信阿尔戈号飞船上的男士和女士们会做出正确的选择。"

"是对于他们自己来说正确的选择,还是对于联合国太空总署的辉煌成就来说正确的选择?"

"我认为两者的目标并不是矛盾的。我敢肯定,美好的前程正展现在你们面前。"

"除了戴安娜。"

"我了解你的心情,亚伦。"

"真的吗? 你真的了解吗?"

这是一个真正的问题。亚伦知道,虽然我是台量子智能计算机,我所说出的大多数词句都出自专家系统的逻辑推理,或者通过检索文学数据库而得出,再或者仅仅是那种"让我们把谈话进行下去"的敷衍了事的应答,但,我又是有意识的——我的蠕件①中所包含的潘洛斯-哈莫夫量子结构,正如人类神经组织中的微管结构。但我真的能理解当我失去另一个我所关心的人时的感受吗? 当然我没有过这方面的实践经验,可是……可是……可是……最后我还是说:"我认为我了解。"

亚伦发出了短促的笑声,这刺痛了我。"对不起,杰森。"他说,"只不过是——"但不管那笑声是因为什么,他都没有说出来,他沉默了十二秒钟。"谢谢你,杰森,"他说,"非常感谢你。"他叹了口气。尽管从脑电图上无法看出他心情的波动,但是他激增的眼球返照率却使他的悲伤一览无余。"我希望她没有这样

---

① 量子智能计算机的大脑,即计算中心。

做。"他说。他直视着我的电子眼,我知道他在努力摆脱把戴安娜的死因归罪于自己头上的想法。他观察着我的玻璃眼球,就像以前观察戴安娜的眼睛一样,好像要从这里找出更多的意义。

我的摄像头控制软件一定存在着缺陷,不知道什么原因,客厅里的一对电子眼镜头轻微向右侧转去,不再对着亚伦了。"这不是你的错。"我最终说话了,但是这句话没经过任何润色,通常情况下,我的发音需要通过合成器加上一些感情色彩。

即使这样,这句话多少还是鼓励了他,他再次尝试从负罪感的阴影中解脱出来。他在沙发上转动了一下身体,再一次盯住我的镜头。我猜他一定是通过镜头镀膜观察着自己,他棱角分明的脸庞在微凸的镜头上面膨胀了起来。"我还是不相信这一切,"他说,"她爱——她热爱生命。她热爱地球。"

"你呢?"

亚伦移开了目光,"当然她也爱我。"

"不,我是问你是否热爱地球?"

"非常热爱。"他站了起来,结束了我们之间的对话。我知道我并没有提供给他一直想要从我这里得到的回答。船上是有些人和我建立了亲密的关系,但是对于亚伦—— 一个终生都在和各种各样结构复杂的机器打交道的男人来说,我不过是另一项新科技—— 一个工具,一个设备,决不会是一个朋友。亚伦之所以跟我交谈,无非是想摆脱掉心中负罪的阴影。

戴安娜的公寓里铺着可变换图案的地毯,随着四季的交替,毯子的颜色也会相应地变成红色、绿色、橙色和白色。现在是飞船时间的10月份,接收到我发送的一个微小的电信号,这个华丽的编织物呈现出一片枯叶的颜色,斑驳点缀着赭色、琥珀色、巧克力色和浅褐色。亚伦拖着脚步走过地毯,朝着储藏柜走去,嵌入泥灰色墙内的是一扇褐色的门。"请把门打开。"

我打开了储藏柜的门,强劲的动力马达的震动使邻近的墙面上的电子眼也颤抖了起来,房间里的陈设看上去忽上忽下。我无法看清楚储藏柜的里面,但根据阿尔戈号的设计,里面应该被分成三个可调节的独立空间,每个有30厘米宽、50厘米高、20厘米进深。

亚伦慢条斯理地移出里面的东西,一个个地查看着:两个饰有宝石的手镯,一把ROM晶石,甚至还有一本《圣经》,这可让我吃了一惊。最后,他拿出了一个金黄色的圆盘状物体,直径大约有2厘米,其上连接着一条黑色的皮革带。亚伦现在凝视的这一面上好像雕刻有文字,但上面用的是华丽的字体,而且从我这个角度看去,表面反射光线严重,看不清楚写的什么。"那是什么?"我问。

"另一件古董。"

当我辨认出这个物体—— 一块过时的腕表后——我检索了经戴安娜申请并允许带到飞船上的她的私人财产列表。显然这块手表不在其中。"每个人腕部植入的医用传感器都包括一个崭新的时间记录设备,"我说,"真想不通为什么戴安娜会把她的允许配重物品浪费在这样一件根本不需要的东西上面。"

"这具有……感情价值。"

"我从来没见她戴过。"

"是的,"他缓慢地说着,或许夹杂着些伤感,"是的,她从来没有。"

"表上面写的是什么?"

"没什么。"他把表翻了过来。在那一瞬间我看清楚了上面的文字,用手写体雕刻着:我们将携带永恒之爱穿越星际——亚伦。下面的日期,是在我们离开地球轨道的前两天。我搜索了亚伦的个人档案,发现他和戴安娜是在离开地球的前五十五个小时完成的由犹太教士与基督教神父共同主办的婚礼。

"瞧,"亚伦说,他先看了看这个古董的盘面,接着又看了看植入腕部的时间记录器,"这只表不准了。"

"我想是因为它的电池耗尽了。"

"不,我把它送给戴安娜前,换上了一粒可维持十年的锂电池。它应该绝对精确。"他按动了表盘边缘的一粒钻石按钮,显示屏上显示出了当前日期,"老天!足足差了一个月!"

"快还是慢?"

"快。"

我该说什么?"显然它没有以前走得那么准了。"

第七章

图为一个三只手和三条腿的生物,其躯干为一个圆柱形,为图片的右下方是一只三足的小狗。

异形。我这样称呼我从第三部分的1711个比特位的信息中得到的外星生物图像。从某种程度上讲,该部分的破译,要比第二部分用两行中连续的比特位1和0来描述出的狐狸座的恒星系更加简单。毕竟,这一部分的比特位组成了图像,而破译出来的图像看起来应该是对外星生物的形体描述。当然,我不能肯定,通过把比特位的1和0转换成像素而形成的图像究竟代表着什么,但是,上面描述的这两个物体看起来更像是两个生物,而不是其他什么东西。其中一个外星生物比较高大细长;另一个相比之下小了许多,矮小而敦实。我分别给他们起名为三脚架和小狗。

三脚架的形态和人类有很大的差异,但是,也可以找出许多与人类之间的相同点。看起来他也具有类似人类的肢体,不过他的肢体数是六个,而不是四个;有一副垂直的躯干(当然,这是在假设我对于此部分信息的破译正确的情况下),在躯干的顶部拥有隆起的器官。

我观察这个图案越久,就越觉得自己的判断是正确的。看上去他拥有三条腿,如果我对于图像的破译正确的话,三条腿与躯干的连接部分是对称的。我注意到它的脚面异常宽大,具有下翻的脚趾或爪。左侧的脚看上去与右侧的并不完全对称,我猜想,信息发送者并不是为了表达其非对称性,而是为了展示从不同方向看时的脚部的形状。三条胳膊像三条腿一样与躯干相连并呈张开状。胳膊上唯一可见的关节应该是人类称为手腕的部位。手部只有两个分节。然而,考虑到该图像的低解析度以及信息发送者对于比例的热衷(通过对于他们恒星系统的参数描述可知),我想,也许图形上的两个手指和三个脚趾仅仅暗示着其手指与脚趾的比例是二比三,也许这些生物每只手拥有四个手指,每只脚拥有六个脚趾,甚至可能是每只手六个手指,而每只脚九个脚趾。

上面这些数字,很难与广泛应用在太阳系的十六进制计数系统联系在一起,但是,每只手拥有五个手指的生物人类不也是如此吗?之所以选择了十六进制作为二进制的自然延伸,很可能是因为在这些外星生物的世界里,同样拥有与地球上的我的同胞类似的电脑系统。尽管二进制和十六进制并不是电脑唯一可以使用的计算语言,但事实上,它们可能是在宇宙中所有地方被智能生命采用最广泛的进制形式。

总之,为了展示其手指的灵活性,信息发送者将每根手指都摆好了不同的姿势——也许每只手负责一种不同的操作动作。

三脚架的躯干部分看起来颇为有趣。中间有四个孔洞。这些会不会是真正贯穿他们躯体的孔洞?或者是他们身体上的孔,也许一个代表着摄食器官,另一个代表着排泄器官,第三个是呼吸器官,第四个则是生殖器官?也许吧,但是如果这种生物生活在陆地上,那么,三脚架躯干下部的突起就应该是他的生殖器。

但是如果那些位于胸前的白点代表着空洞的话,那么哪里是这个生物的大脑呢?躯干顶部的两处突起看起来太小,不可能承载一个智能生物的脑容量。事实上,尽管这两处突起同样大小(每个突起均由四个像素组成),它们的朝向却完全不同。也许它们是眼柄或者触角或者其他什么感觉器官。有意思的是,它们的数量是两个而不是三个。很明显,这种生物的形态并不完全呈三边对称。

还有躯干两侧那些隆起的部分:是不是环绕躯干的圈状突起只能在横断面上表示出来?也许,这个三脚架具有空腔和圈状的隆起是为了减轻震荡的冲击。如果这样的话,也许三条张开的腿是用来在他们的世界里跳跃的,躯干则可以减缓压力。或者,考虑到那些弓形的趾骨,也许这种生物仅仅依靠其脚趾便能实现跳跃,就像、就像——流行文化中玩保龄球的火石人弗来德。

或者那些突起仅仅代表着独立分散的间断突起,而不是连续不断的脊状突起。它们会不会是乳房?在地球上,哺乳类动物倾向于拥有平均胎仔数加一的乳房数量,如果为了保持其双边的对称性,其数量与最接近其数字的偶数相同。如果这些突起代表着乳房的话,那么三脚架应该拥有八个乳房。很可能这是一种高端生命形式,它们会一直照料自己的后代,直到下一代长大成人。但没有哪种生物能够一直保持很高的几何级增长,因为照这个速度发展下去,很快就会引起严重的人口问题。我很好奇他们将如何处理此事。

那么小狗又如何呢?它会不会与三脚架属于同一科属,而只是性别不同——也就是通常所说的同类二态性?如果在三脚架躯干上的那些突起是乳房的话,那么小狗就属于男性了。当然,对于一种形态不同于人类的外星智能生命来说,男性和女性这两个概念可能会完全失去其意义。也许小狗是三脚架的幼年形态。三脚架看起来确实有点像昆虫,而昆虫在成长到成熟期时,形态会变得与幼虫时的截然不同。可以举出很多这样的例子。

或许三脚架是由小狗演变而来(反之亦然);再或者他们是居住在同一世界的两种不同的智能生命,就像共享着地球的人类和鲸类。但是看起来小狗只有下肢(缺乏上肢),也没有任何可做操纵工具的器官。它会不会是一种非智能生物?如真如此,则表明狐狸座上的生物之间远比地球上的灵长类与鲸类之间相处得更为融洽。我注意到小狗的顶部与三脚架拥有相同的感觉器官,甚至其连接部分都一模一样。这是否意味着他们之间以此进行交流?至于在顶部两个突起的感觉器官中间的那个更小的突起,我不敢肯定是什么东西。也许代表着大脑,也许是性器官,或者仅仅是个装饰性的突起。

或者小狗仅仅是个——宠物?但如果在这么一条信息中

去展示一个宠物,可不是正常的心理学范畴所能解释的。除非
……除非这个宠物与主人是共生体,即主人生命中必不可少的
一部分,就像盲人与导盲犬一样。

由于59是可以被1711整除的最小的素数,信息发送时就可
以每59位数字排成一行。但我注意到两个多余的字符被放置在
每一行的末尾,而不是利用它们使三脚架与小狗的图像离得更
远①。如果我想要表达出两种生物居住在不同的环境中这个含
义——比如说,一个居住在陆地,另一个居住在水域——那么,
我会尽可能拉大画面中两者之间的距离。这样说来,信息发送
者没有这么做——就意味着这两种不同形态的生物应该居住在
同一环境下。

我检索了描写地球以外生命的科幻文学及玄幻文学数据
库,由不断重复的主题,我注意到了这样一种规律:高大细长的
生命形态应该起源于低引力星球,而矮小的生命则居住在高引
力行星上。这种说法看上去未免太简单化了:地球上就同时滋
养着加拉帕戈斯陆龟和长颈鹿,繁衍着鸭嘴兽和鸵鸟。不,身体
形态各异往往是由于生态龛位②引起的,而非地心引力的结果。
体型巨大的三脚架是靠什么样的生态环境演化发展的呢?也许
它以水果为食。这个生物高举的右臂也许不是在向我们招手致
意,而是在采集头顶上方的果实作为晚餐;充满弹性的下肢则用
来跳跃以获得更高处的水果。当然,有一种观点认为,草食类生
物不可能发展成为智能生命,因为智能生命最早制造的工具便

---

① 因为通过把这1711个比特位的1和0转换成像素,从而形成图像,每行
末尾多余两个0字符在图像中代表空白,如果外星人想要使三脚架与小狗之间
的距离远些,就可以把这两个多余的字符放在每行的中间位置,但外星人并没有
这么做。

② 即不同物种生活在不同的小环境中。

是捕杀猎物的武器。

　　不能做出准确的解释——这令我发狂。但是,剩下的部分更为复杂难懂,令我困惑不已……

第八章

我难以理解克里斯汀现在的所作所为。我是说,现在她在这里,回到这间她与亚伦共享的公寓里,试图减轻她的爱人的丧失前妻之痛;而这件事本身却使她陷入了伤心的境地,这可以从她的遥感测量记录中明显看出来:她的脉搏加速,脑电图不稳定,呼吸沉重。尽管我不可能去直接测定她的胃酸含量,但种种迹象表明,她正承受着胃灼之痛。克里斯汀,身材高挑,性格平和,少言寡语,并不像戴安娜那样外向,但是我知道,不管别人做不做得到,克里斯汀都能做到绝对地为人真诚。

亚伦沉默了三分二十一秒,坐在克里斯汀对面他最钟爱的椅子(是他用灯芯绒把登陆艇驾驶座椅面改装而成)里。克里斯汀说的最后一句话是:"她看来不像有自杀倾向。"我猜她的意思是指,戴安娜明显和她曾经治疗的那些具有自杀倾向的病人不是同一类型。因为可以确定克里斯汀的医学专业中有过关于自杀倾向的课程,所以我并不怀疑她的观察的有效性。但是就我所知,即使是拥有很强的逻辑性思维,极少情感波动的人也有可能选择自杀来终止他们的生命。

"是我的错。"亚伦还是说话了,他的声音显得空洞乏力。

"这不是你的错。"克里斯汀立刻反驳道,她的语气坚定不移,亚伦很早前就希望听到我这么对他说。"你不能因为发生这样的事情就责备自己。"心理治疗并非克里斯汀擅长的专业领域,我怀疑她不过是说说而已,或者她根本不知道该如何去使亚伦振作起来。我已经访问了她的学历档案,在巴黎大学学习期间,她曾经参加了心理学选修课程。仅仅一堂课,她的成绩是C^+。"你不能让这件事毁了你。"

"事"——人们最喜欢用的字眼,可以代替任何事物的名词。在这里的"事",究竟是指表面上看来的戴安娜的自杀,抑或亚伦固执的负罪感,还是其他的什么?该死,我希望他们的表达可以更加精确。

"她应该告诉我——乞求我——别离开她。"亚伦说,他的脑袋垂得很低。从这个角度上看,我无法确定他是在盯着地板看,还是干脆闭上了双眼,我最好还是把注意力集中在他体内的波动上吧。诚然,戴安娜并不希望与亚伦结束彼此间的婚约,但是亚伦对于戴安娜的自杀行为的看法中未免带上了自责的负罪感。或者是——如果不带同情色彩的话——他这么说是想从克里斯汀那里赢得更大的同情。无论如何,戴安娜并没有乞求他留下来。

"别责备自己了。"克里斯汀再一次重复同样的话,我想,这意味着她已经用尽了在大学里那堂心理选修课上学到的所有招数。

"我感到……空虚、无助。"

"我知道这很难。"

亚伦重新陷入了沉默中。过了一会儿，他说："确实很难，这对我的打击太大了。"他站了起来，双手深深地插进口袋里，歪着脑袋看着吸音天花板上如繁星般密集的孔洞，"我想我们分手后还会是朋友。我们曾经彼此爱过——我真的全心全意地爱过她——但是我们不得不分开，因为距离，因为性格上的不同。"他轻轻地摇着头，"要是我知道她真的那么难受，我绝不会——"

"绝不会离开她？"克里斯汀皱着眉头帮他把话说完，"你不能成为别人情感的奴隶。"

"也许，也许不。你知道的，在结婚之前，戴安娜和我相处了将近一年。直到婚礼前，我才把这件事告诉了我的母亲；她永远也不会理解我怎么会和一个金发碧眼的异教徒结婚。总得考虑别人的感受啊。"

"你的意思是说，如果戴安娜曾经告诉过你，假如你离开，她就会选择自杀，那么你就会留在她身边吗？"

"我——我不知道。"亚伦在屋里踱着步子，把地面上凌乱的衣服踢到一边，"也许吧。"

克里斯汀的语气变得生硬起来，"我想你在和我约会的时候，还是把她的感情放在第一位。"

"我不想伤害她。"

"但是如果你改变了主意决定和戴安娜在一起的话，你也会伤害我的。"

"我也不想伤害你。"

"总有人会受伤。"

亚伦在屋子里绕着圈。他在远处的墙边停了下来，脸对着油灰色的墙，后背冲着克里斯汀轻声地低语，"是啊。"

"你已经做了你该做的。"

"不，我做了我想做的。这完全是两码事。"

"听着，"克里斯汀说，"这些全是废话。她事先并没有告诉你，如果你离开她，她就选择自杀。"她从椅子里站起来朝着亚伦的方向走去，但是在她靠近他之前，她停了下来，"也许她曾经告诉过你？"

亚伦转过脸来看着她，他们之间还有两米的距离，"什么？不，当然没有。老天，如果她告诉我，我会用另外的方式去处理问题。"

"好吧，那么你就无须责备自己了。"她继续向前靠近，缩短着他们之间的距离，但是当她看到亚伦紧绷着的脸部，她立刻又停了下来，"这是常有的事。"她说。

"我以前从来不知道还有谁选择了自杀。"亚伦说。

"我的祖父就是自杀的，"克里斯汀用平静的语气说，"他老了，浑身是病，而且他不想坐在那里等死。"

"但是戴安娜有很多理由活下去。她还年轻，身体健康。她很健康，对吗？"

克里斯汀再次皱起了眉头，"自从你和她分手后，我就没有见过她。应该很健康。再有几个月就该是她下一次的体检时间；不过从她上一次的体检情况来看，她的健康状况良好。噢，对了，她有成年发作性糖尿病的倾向，所以我已经为她克隆了一个新胰腺，也许将来可以用得上。除此之外，她一切都很健康。而且杰森告诉过我，她的遥感测量记录中没有出现过任何值得注意的情况。其实这些都在情理之中。如果她真的有什么严重的病情，也绝对不会通过这次太空探测计划的体检的。在地球上，从来就没见过这么多精力充沛的人齐聚一堂。"

"那就更没有什么值得怀疑的了。"亚伦的双手攥成了拳头，仍然插在兜里，纯棉质地的裤子鼓了起来，"她之所以选择自杀，是因为我离开了她。"

"我们还不确定戴安娜的死因。也许仅仅是一场意外事故，或者是她的神经突然崩溃，或者其他什么事情发生了，也许她都不知道自己做了些什么。"

"她从来不吸食毒品或者酗酒。她甚至都不喝酒——除了在我们的婚礼上喝过一杯香槟。"

"别再谴责自己了，亚伦。她没有留下绝命书，我们就不能肯定她是自杀的。"

遗书！我迅速地检索了戴安娜的笔迹库——现在我真后悔删除了她最近的工作文档——执行分析算法，看看我是否可以模拟出她的笔迹。FK等级为6，甘宁打分系统为9分，平均每句11.0个单词，平均每个单词4.18个字母，平均每个单词1.42个音节。尽管她喜欢无缘无故在单词上加上引号并分隔开不定词，戴安娜的文章仍然是简练精干的，尤其在考虑到她是一名学者——在那些我曾阅读过的最差的作家中——并且考虑到她喋喋不休的特点之后，她的字体还算看得过去。

我调用一个子系统去完成一封编造的遗书，但又在中途取消了这项任务。飞船上所有的文字处理都要通过我来完成，如果现在突然出现这么一封遗书，戈尔卢夫市长就会责问我为什么知道戴安娜已经写下了遗书，却不及时通知大家以寻求解决办法？

"不管有没有绝命书，事情都是显而易见的。"亚伦说。

"我们不能随便下结论，"克里斯汀说，"这也许真是一场意外事故。"

"早些时候，你还确信她是自杀的，"亚伦说，"事实上，你还想劝说我也接受这个观点。"

在我看来,亚伦因为痛失前妻而表现出来的悲伤也伤害了克里斯汀,甚至使她妒火中烧。她应该向他坦白自己的感受,为她同他一起去俄耳甫斯号路上时的小心眼向他道歉。但是她和亚伦一样,都没有学会怎样摆脱自身的负罪感。

不过,她正继续试图找到一些关于戴安娜死因的值得怀疑的地方,以减轻亚伦对自己的谴责。"记住,还有一件很重要的事情尚不明了,"她走到了他的身边,迟疑了片刻后,用手臂轻轻地钩住了他的脖子,"我们还不清楚是什么原因引起了如此高强度的辐射。"

亚伦听上去像被激怒了,"难道你不认为那是物理学家们才会关心的事吗?"

我想,克里斯汀一定是深信自己找到了驱散亚伦自责的良方,她接着说下去:"不,不是那样,受到如此高的辐射,那就意味着她一定在外面待了几个小时。"

"也许是某种空间弯曲现象,"亚伦含糊其词地说,"也许从她在外部的时间来看就是几个小时。"

"你在自圆其说,亲爱的。"

"你也是,该死!"他甩开她的手臂转过身来面对着她,"谁关心那些该死的辐射。重要的是戴安娜死了。而且毫无疑问是我杀死了她,就像是我朝着她的胸口插进了一把刀子。"

第九章

我讨厌亚伦·罗斯曼的眼睛。如果房间里只有一个人，我总是可以通过他或者她的医用传感器发出的四位十六进制身份代码，辨认出是谁在和我通话。然而在一间人满为患的房间里，当有许多人同时讲话的时候（因此也有很多人伴随着他们的语音表现出不同的生理特征），我通常需要通过视觉系统辨别出讲话人。当然，我是利用一套复杂的模式辨识系统去鉴别人类的面孔的。但是，人们总是不断地改变着他们的模样：不仅仅是那些扭曲的面部表情，还有唇部和下巴上胡须的增减；新的发型；新的头发颜色；通过化学处理的变色的隐形眼镜；经过染色的眼球。为了处理诸如此类的变化，我在内存中记录了每个飞船成员的容貌特征。每次当我的电子眼聚焦到人类的面部时，都会自动调用辨识程序。该程序会根据个体容貌特征的微小变化，自动更新内存中的面部数据库。在很多方面，罗斯曼都是很容易辨识的。自从我认识他以来，他一直不蓄胡须，头发修剪得很短，其发型要比我们离开地球时在多伦多与他同龄的人流行的发型落伍两年,而且从来没有染过发,事实上,很少成年人拥有像他那样棕黄色的头发,所以我并不惊讶他喜欢保留自己发色的天然风格。另外值得一提的是,他应该珍惜他的棕黄色头发:对他的DNA的快速检索使我得知,他的头发在六年之内会转化为灰色——也就是我们到达科尔喀斯星的大致时间。尽管如此,他的头发终生都不会脱落。

但是他的眼睛,他的眼睛,那些应该受到诅咒的眼睛:它们是绿色的吗?是的,从某种程度上来说,即在一定的光线条件下。或者是蓝色?当周围的亮度变换时,也会呈现出这种颜色。或者是褐色?毫无疑问在它的虹膜上有栗色的条纹,还有黄色、赭色、灰色。当我根据他的眼睛判断身份时,我的辨识程序总是不停地前前后后执行跳转命令,无法更新其面部特征中的眼球颜色属性。在这艘飞船上,我还没有碰到其他人有过类似问题,每次当我凝视着这双眼睛时,都会令我感到茫然。

我曾全面查阅过关于人类眼睛的文献。尤其在小说中,它们被描述为人类心灵的窗口,可以表达思想的器官。"他的双眼掩饰不住欢乐。""坚毅、棕色的眼睛,充满了憎恨、愤怒和无尽的决心。""一双小鹿似的单纯的眼睛。""她的眼睛里满是挑逗。""她的眼神表明她受到了伤害。"

是的,当人们哭泣的时候,我可以看到。当他们由于惊讶而瞪大双眼的时候——这种情况几乎从未发生,不管他们到底有多么惊讶——对我来说,也是显而易见的。但是这些难以言表的特性,这些一瞥之下便能发现隐藏在人类内心中的情感的洞察力……我花费了大量时间,试图把眼部的运动、眨眼的频率、瞳孔的缩放等等与人类内心的感情联系在一起,但是到目前为止,依然一无所获。一个人可以从另一个人的眼神中轻易读出的含义,却一下难倒了我。

亚伦的眼神尤其难以理解,不论对于我还是那些同他交流的人——他们和我一样,花费了大量时间凝视他那混杂着各种颜色的眼球,测量它们的深度,寻找它们的含义,希望从中得到启示。我现在就凝视着他的双眼,湿润的果冻般的眼球,晶状体、虹膜还有瞳孔——就像我的电子眼,但比那更小。就我看来,他的眼睛不但长得小,而且效率低下。但是那些生物眼球,那些经过遗传、变异的产物,那些容易出错、脆弱的球状体,却能看出我这个经过精心设计组装而成的电子眼所无法辨认的微妙的人类情感。

此时,他的双眼正盯在显示器屏幕上,看着阿尔戈号广播网下午三点播放的新闻片头字幕。这是一天中最主要的一次新闻广播。广播网刚成立的初期,重要新闻节目时间安排在下午六点的晚餐时间。但后来情况证明,飞船上的广播没必要与地球上的时间同步,因此就将新闻提前播报,这样,新闻记者可以更好地享受他们的晚间生活。因为在飞船上本身就少有新闻可言,因此,这样的安排倒也合情合理。

亚伦坐在房间里的沙发上,手臂搂着克里斯汀。他在看新闻,而我则看着他的眼睛。

我有幸可以播报新闻的片头字幕和系统自动更新的当前时间。"下午好,"我的声音是通过一些无关紧要的并行处理机发出的,"今天是2177年10月7日,星期二,现在是飞船新闻播报时间。为您播报的是新闻节目主持人——克劳斯·科尼。"

在执行此次任务前,科尼是内布拉斯加州一个小镇的体育节目实况解说员。尽管他口齿伶俐,足以胜任此工作,但我们挑选他作为阿尔戈号一员的主要原因,却是因为他为残疾儿童所做出的贡献。他的脸上布满了麻点,就像月球上的地貌,占据了整个屏幕。

"下午好。"科尼说,他的声音丰满圆润,好像是通过高端的电子合成器芯片合成的一样,"今天的头条新闻是:死亡冲击星际飞船。"亚伦立刻挺直了身躯,这样,呈现在我那对一直聚焦在他双眼上的电子镜头中的图像,就变成了他的胸部。我调节好镜头的角度,重新锁定他的瞳孔,他没有注意到镜头移动时发出的轻微嗡嗡声,"今天的新闻内容还有:将于星期二举行的飞船通过四分之一里程庆典活动的准备情况;对于颇具争议的第三项提案的回顾;幕后故事:埃普道鲁斯大剧院一瞥。"

当梳着马尾辫的金发女郎戴安娜的相片出现在科尼身后的时候,亚伦的表情看起来没什么变化。照片下面标注着她的姓名,其后的括号中标注着她的生卒日期:2149～2177。"昨日凌晨四点四十四分,俄耳甫斯号登陆艇被戴安娜·查勒博士挪用。戴安娜·查勒现年二十七岁,来自加拿大多伦多市,天体物理学家,戴安娜·查勒由于与她的丈夫——二十七岁、同样来自多伦多市的亚伦·罗斯曼结束了为期两年的婚约而陷入绝望境地,据推测,她死于自杀。罗斯曼先生是星际飞船的机库负责人。"

"老天——"亚伦说。我调大了镜头的焦距,看见克里斯汀目瞪口呆的样子。

科尼继续报道:"记者寺下爱口将就此事采访飞船总工程师张爱新。寺下?"

屏幕画面从科尼的麻子脸切换到寺下与张爱新同时出现的画面,显示器下方用文字注明了他们的名字。张爱新的体型至少是眼前这个日籍记者的三倍,寺下刚到张爱新下端处的手臂与桶形躯干相连的部位。

"谢谢你,克劳斯。"寺下说,"张先生,当俄耳甫斯号返回星际飞船时,您在现场。您能否为我们描述一下当时的情况?"

寺下没有使用手握式麦克风。他和张爱新就站在我的一对电子眼旁边,利用电子眼的音频和视频录入功能进行采访。张爱新开始描述,主要讲述了促使俄耳甫斯号登陆艇重返飞船的技术细节。

"我不相信,"亚伦低声说——几乎是在喃喃自语,"我真他妈的不敢相信。"

"你不能责备他们,"克里斯汀说,"他们的工作就是报道新闻。"

"我当然可以责备他们,而且我非要责备他们不可。没错,我知道他们一定会报道戴安娜的死。但是他们把她说成是自杀,还报道我们的婚姻——这些事用不着别人来管。"

"戈尔卢夫已经告诉过你他们会对此事进行报道。"

"不应该是这样的报道。不应该是这样赤裸裸地侵犯我的隐私的报道。"他把胳膊从她的肩膀上拿开,身体向前倾了倾,"杰森!"他猛地喊道。

"什么事,先生?"我说。

"这篇新闻是否存了档?"

"当然。"

"新闻一结束,立即拷贝一份到我的私人存储文档中。"

"执行。"

"你打算怎么办?"克里斯汀问。

"我还没想好,但我绝不能容忍谎言的横行。这样的报道是错误的,它欺骗了大家。"

克里斯汀摇了摇头,"就让人们把它淡忘吧。人们很快就会忘记这件事的。否则,只会把事情弄得更糟。"

"他们会吗？从来没有人死在飞船上，而且，这种事情以后也不大可能再发生了，不是吗？在今后的几年里，这件事会扎根在人们的心中。每当人们看到我，他们就会想：看，他就是那个把可怜的戴安娜逼向绝路的没心没肺的冷血杂种。老天啊，克里斯汀，我怎么能忍受这些呢？"

"人们不会那么想。"

"他们不那么想才怪呢！"

克劳斯·科尼的麻子脸又出现在了屏幕上，"下面报道其他新闻：支持和反对有争议的第三提案的人们——"

"关掉！"亚伦咆哮着。我关掉了显示器。他站了起来，把双手使劲插进口袋里，在房间中踱起步来，"老天，这真让我恼火。"

"别担心了，亲爱的。"克里斯汀安慰他道，"人们不会注意此事的。"

"噢，是吗？飞船上有百分之八十四的人观看了新闻。科尼真应该死在内布拉斯加那个鬼地方，或者其他什么该死的地方！上帝啊，我要打得他满地找牙！"

"我敢肯定人们会淡忘此事的。"

"该死，克里斯汀，你明明知道那是不可能的。你不可能靠自己编织的小谎言来改变这个世界。你不能仅仅说一句'一切都会好起来'，就掩盖住事实。"他的眼睛紧紧地锁定在她的眼睛上，"我讨厌你总是将你自己的想法强加于我。"

克里斯汀还在继续尝试着，"我不知道你这话是什么意思。"

"噢，看在上帝的分儿上。你总是对人们说你以为对他们有好处的话，你总是试图使他们脱离现实的桎梏。好吧，我得告诉你，我宁愿去面对残酷的现实，也不要生活在惬意的虚幻世界中。"

"有些时候人们应该学会忍耐,但这并不代表就是生活在虚幻的世界中。"

"噢,好极了,现在你也是个心理学家了。听我说,戴安娜死了,那个王八蛋科尼刚刚告诉全飞船的人——她是因为我而死的。我现在就要处理这件事,你那些动听的语言对我不会起任何作用的。"

"我只是想帮助你。"

亚伦长长地吐了口气,发出一声叹息,"我知道。"他看着她,脸上强挤出点笑容,"对不起,我只是,嗯,我希望他没有对大家说过那些话。"

"飞船上的人们有权利知道发生了什么。"

亚伦坐了下来,发出另一声深深的叹息,"所有人都对我这么说。"

第十章

　　从狐狸座传送来的第四部分——也就是最后那部分信息——简直有如天书,其数量级达到了10的14次方比特,简直是天文数字!跟前面的三部分一样,第四部分的总比特数也可以分解为两个素数的乘积。我试着把较大的素数作为行数(前三部分都是如此),没有发现什么明显图案。我使用了最好的电子算法,用了一纳秒的时间求助于随机存储器配置表,但毫无结果。然后我试着用另外的方式,把较大的素数作为列数,仍然没有什么发现。百分之五十三的比特位为0,百分之四十七的比特位为1。但是不管从哪个方向看去,这些黑白像素也没有表达出任何具有意义的几何图形或者图表。可是,这最后的一部分,其信息含量比前三部分的信息总和还要高出11个数量级,显然它应该是外星生物希望传达的信息内容的核心。

　　人类首次尝试向宇宙中其他星球发送信息是在1974年11月16日,当时是利用无线电向球状星云武仙座(M13)方向发送阿雷西博星际代码。该代码段仅由1697位二进制数字组成,比起从狐狸座接收到的信号数值,可谓小巫见大巫。但是,这有限的二进制数码信息中却包含了:组成人体的原子数量及种类——如碳、氢、氮、氧、磷;DNA核糖核酸结构;人类基因组中的核苷数量;地球人口数量;一个象形的人形;以无线电波波长度量的人类平均身高;太阳系的基本结构——还特意突出了第三颗行星,以表明其为人类的家园;阿雷西博射电望远镜的横断面图以及该望远镜的尺寸大小等等信息。

所有这些信息仅用了不到2000个比特位,尽管如此,当弗兰克·德里克——该代码的撰写者——要他的同事们去破解这段信息时,大家还是无法完全理解这一信息段的含义,不过,至少大家都能一眼辨认出那个象形人形:就像贴在男士盥洗间门上的男性标志。

有趣的是,比起地球人所做的第一次尝试,来自狐狸座的前三部分的信息要简单得多:校正标记、星系结构、三脚架和小狗——我有足够的信心:我已经正确而且合情合理地破译出了前三部分。

但是,第四部分却异常复杂:海量数据,比阿雷西博象形文字代码的容量要大上一千亿倍。这里面暗藏了什么样的宝藏呢?会不会是人类期待已久的《银河系大百科全书》?抑或是关于其他星球的实实在在的奥秘,而非走街串巷的推销员的夸夸其谈?

如果第四部分的数据是经过压缩的,我根本无法从前三部分的信息中找到线索来解压这部分的数据,那么,这些数以十亿计的数据到底代表什么意思呢?会不会是一幅全息图——以位图形式记录的干涉图?或者是某种类型的图表?或者仅仅是一些数字照片?很显然,我还没有找到正确的方法去破译它。

我把全部信息载入内存中，开始了极为精细的研究工作。

亚伦匆匆地穿过海滩，炙热的沙粒使得他每走一步都要小心翼翼。241个全裸或者几近全裸的人要么在淡水湖中游泳，要么在沙滩上嬉戏，或者在3200开尔文的黄光灯模拟出的夕阳下享受着沐浴之乐。亚伦跟遇到的一些熟人点头致意。尽管走过了两年的航程，对他来说，飞船上的部分成员还是很陌生。

这个海滩并不是直接模拟现实生活中的任何一个海滩而建，而是集地球上诸多知名海滩之长而成。冲天而起的悬崖的灵感，来源于多佛港的峭壁；沙滩上的米色沙粒，则选自马利布海滩上的优良沙种；泛着泡沫的蓝色海水，显然是阿卡普尔科港海水的真实写照；矶鹬来回地跑着，海鸥在人们头顶上盘旋滑翔，鹦鹉则怡然自得地坐在椰树上。

海滩前方一百五十米的范围——包括那些活灵活现的鸟都是真实的；其余的部分，一直延伸到朦胧的地平线，则是我的创作：那是一幅不断更新的实时全景图。拿现在来说，在离沙滩很远的地方，我投射下了一个瘦小而孤独的影子：一个独自玩耍的小孩——他叫杰森，正在建造一座沙堡。对我来说，他是真实的，和其他人一样真实，但是他永远也无法进入其他人的世界，而他们也永远走进不了他的天地。

亚伦差不多已经走到了幻象的边缘。他穿过压力幕，惊起了休憩在水面上的水鸟。他摆出的全息图沙滩上方的墙上打开了一扇矩形的门，里面是一个金属梯井。他踏着沉重的脚步来到梯井边，开始往下走。这里又是另外一番天地，大约有一个机械加工车间那么大。顶棚上刻着浮雕，随着其上的水域的变化，顶棚显现出不规则的形状——在与顶棚上方的淡水湖的中心位置相对应的位置,浮雕深深地凹了下来。在一堆支柱与管道之间有一些工作台和橱柜。远处,穿着脏兮兮的连体工作服的"中国长城爱新"张爱新工程师正在研究着一个巨大的圆柱形装置。

"嗨,爱新。"亚伦打了个招呼,张爱新抬起头看了看,"杰森说你想见我。"

不管在哪儿,张爱新都是一个庞然大物,尤其处在如此狭窄的空间,他的身形往往显得更为庞大——他那双多出来的手臂使这种情况尤为明显。"没错。"他朝亚伦伸出了右上手,看到上面满是油污,又缩了回去,把右下手伸了过来。在阿尔戈号上,人们彼此间很少有正式的问候,因为大家总是"抬头不见低头见"的。亚伦感觉有些意外,但还是握住了他朋友的手。"我听说你对今天的新闻报道不太满意。"张爱新说,话语像机枪子弹一样从嘴里一个个蹦出来。

"还是你理解我,爱新,我简直是怒火中烧。现在我还在考虑是否应该把科尼狠狠教训一顿。"

张爱新朝我的电子眼方向歪了歪脑袋,"在目击证人面前你可要小心说话。"

亚伦喷着粗重的鼻息。

"你是不是对我参与这个节目有看法?"张爱新问道。

亚伦摇了摇头,"起初是这样的,但是我又听了一遍,你不过描述了一下如何使戴安娜——俄耳甫斯号返回母船的技术细节。"

"那个小日本问了我很多其他方面的问题,但我尽量尊重你的隐私。"

"谢谢你,事实上,当你说到'罗斯曼策略'的时候,我都有些飘飘然了。"

"噢,真的? 你对磁场的见地真该上教科书了。我就从来想不出那样的方法。这么说，现在你不再生气了？"

亚伦笑了，"只要你不生足球赛的气，我就不生节目的气了。我知道我的队友们让你们吃了不少苦头。"

"'机库搬运工队'确实是支出色的队伍。但是我们'内存条工程师队'也在慢慢强大起来，不是吗？下次我们一定会成为胜者。"

亚伦微微一笑，"那我们走着瞧。"

房间里突然安静了下来，只有水滴从天棚上啪嗒啪嗒掉落在地面的声音。

"你最近忙吗？"张爱新打破了沉默，"我没有耽误你什么吧？"

亚伦哈哈地笑了起来，"当然不忙，'剩下的这几年里我也无事可做'。"

张爱新礼貌地对这个老掉牙的调侃①报以"哧哧"的笑声，"你还好吧？"

"是的，你呢？"

"很好。"

"克里斯汀呢？"

"聪明、漂亮，像往常一样。"

张点了点头。"好，"他说，"那就好。"

"是的。"

他们之间又沉默了六秒钟。"对于戴安娜的事，我很难过。"张爱新再次打破了僵局。

"我也一样。"

"但是你不是说你很好吗？"张爱新说。他的大圆脸盘因为同情而泛起皱纹来，一副好像想要进一步深究此事的样子。

---

①飞船上的人们普遍无事可做，所以大家都喜欢说"剩下的这几年里我也无事可做"。

"是的。"亚伦显然不想继续这个话题,"你要见我是不是有什么要紧的事?"

张爱新盯着他看了三秒钟,显然是在考虑该不该继续追踪他朋友的伤痛。"是的,"他说,"是的,我是有事要和你商量。先不管那些,明天你准备怎么投票?"

"我会用我的手来投票。"

张爱新翻了一下眼珠,"人人都是幽默大师啊。我是说,你是否赞成第三项提案?"

"那可是无记名投票啊,爱新。"

"是啊,很好。我个人很赞成这项提案。如果真能通过,那么,我就不需要你的帮助了。但是如果大家不把这次机会当回事的话,我还有另外的选择。跟我来。"

他把亚伦领到工作台前,塑木材质的桌面上满是电锯的划痕和焊枪的灼痕。张爱新得意地挥动着左臂,用手指着工作台上的圆柱形物体:外壳是金属的,长度为一百一十七厘米,直径五十厘米——是用激光切割下来的一段加固型下水管道,两端用加厚红塑料圆盘封口,侧面有一个检修口。尽管现在我看不到它的内部结构,但六天前,当张爱新滚动这个圆筒,通过另一个与现有检修口呈九十度角的检修窗口工作时,我曾清晰地观察到了它的内部:里面塞满了各种各样的东西,很多仅仅是用电工胶带松散地固定了一下。一块电路板上横七竖八地插着从各种设备上找来的尚可利用的芯片;一大堆玻璃光纤捆绑在一起。整个物体看起来十分粗糙,好像尚未完工的样子——完全不像是一个高科技产品所应具有的形象。我一眼就可以看出这是个什么装备,但我怀疑亚伦能否看得出来。

"还不错,是吧?"张问。

"是啊。"亚伦说,然后迟疑了一会儿,"这是什么?"

张爱新大笑了起来,嘴都快咧到耳根上了,"这是颗炸弹。"

"炸弹?"只一瞬间,亚伦的遥感测量器就记录到了他声音中的震惊,"你是说有人在飞船上安置了炸弹? 老天啊,爱新! 你向戈尔卢夫汇报了吗?"

"嗯?"张爱新脸上的笑意迅速地消退,"没有。别那么大惊小怪,是我制造的。"

亚伦向后倒退了几步,"启动了吗?"

"不,当然没有。"张爱新弯下腰来,小心翼翼地打开了圆柱面上的另一个检修口,"我还找不到任何可裂变的物质去——"

"你是说它是颗核弹?"我和亚伦一样大吃一惊。那天我匆忙的一瞥中,并没有注意到这一点。

"现在还不是。"爱新指着圆筒内的某个部位,说道。这个地方很可能是用来放置放射性物质的,"这也是我需要你帮助的原因。"他向前迈了一步——仅仅一步就把亚伦本已拉远的距离弥补了回来,"在星际飞船上没有可裂变的物质。你肯定听说过那些关于减少放射性物质的言论。"他的喉咙里发出了异样的声音,我猜应该算是笑声,"但是一旦到达了科尔喀斯,我们就可以找到铀。"

亚伦重新拉大了他们之间的距离,绕到了工作台的另一面,与另一端的巨人对峙着。"请原谅我,爱新,我被你的话弄昏头了。"他凝视着张爱新的双眼,但仅仅坚持了几秒钟,就把目光移向了别处,"我们要一颗炸弹有什么用?"

"可不是一颗,我的朋友,有很多。我计划在返回地球前制造二十颗。"

亚伦重新把目光凝聚在张爱新的褐色眼球上。自从他们刚才那次目光接触以来,这双眼睛就既没眨也没动过。"为什么?"

"假如第三项提案被否决的话,那么最让我担心的就是,当我们重返地球后,地球上已经过去了一百零四年。都怪该死的相对论。那时候的世界会是什么样子? 一个世纪足以发生很多事情,不是吗? 想想在过去的一百年间的变化,比如,像我们的朋友杰森这样的真正的人工智能就已经问世。"他指着安装在拱壁上的我的电子眼,说道,"再如,在实验室中诞生的生命,可载人的星际飞船,瞬间转移①——虽然现在还只能是几毫米的距离,还有人造引力和反引力。"

"当我们返回地球时,世界当然会有所不同。"亚伦说。

"是的!"微笑重新回到张的脸上,"是的,没错。但怎么个不同? 我们会受到怎样的欢迎?"他绕过工作台,再一次站到了亚伦的身旁。

亚伦努力使自己的语气显得轻松自然,"能受到怎样的欢迎? 肯定是参与游街、脱口秀之类的节目。要知道我们可是第一批星际旅游者啊!"

"也许吧,我希望如此。但是我并不这样认为。"他把一条胳膊搭在亚伦的肩膀上,"假如地球上发生了战争或者大灾难,那么情况就会截然不同,每个人都将在野蛮社会里寻求生存之道。那么,我们很有可能不但不会受到欢迎,而且还要遭到憎恨甚至杀戮。"他降低了声音,"我们有可能被吃掉。"他拍了一下工作台上的圆筒,"我的炸弹可以使一切状况都发生改变。如果有核弹在手,我们就可以得到想要的一切,对吧?"

亚伦战栗地凝视着大的那个检修口里闪闪发亮的电子元件,"你想让我帮你做什么?"

---

①在瞬间就将人或物体移到其他地方。

"两件事,"张爱新伸出两根肥大的手指,做出本来象征着和平的手势,"飞船到达科尔喀斯星球后,你就担任勘察飞行的总指挥,组织登陆艇在科尔喀斯地表找到可供我们开采的铀。"

"可是还有六年时间我们才能抵达科尔喀斯。"

"我知道,但是另一件事会让你从现在一直忙到到达科尔喀斯的那一天。你必须改装那些登陆艇以携带我的核弹头。想象一下吧,我们的登陆艇从那些野蛮人头顶呼啸而过,投下一排排的核弹,是不是很壮观?"

和平时一样,亚伦的脑电图显得波澜不惊。具有讽刺意味的是,张爱新的脑电图同样如此。"听着,爱新——"亚伦开口讲话了,但他又停了下来。他凝视着张爱新几乎被内眦皮褶皱完全包围的褐色眼球,试着重新开始,"我的意思是,认真地说,爱新,如果我们发现我们在地球上不受欢迎了,我们还可以启动阿尔戈号去其他的星球,这样不更好吗? 这也是伯萨德式动力飞船的魅力之处:我们有取之不竭、用之不尽的能源。"

"其他星球?"一丝恐惧爬上了张爱新巨大的圆脸,"不! 绝不!"他那平和的态度突然变得万分激动,嗓音一下提高了八度,几乎到了刺耳的程度,"该死,亚伦,我不能容忍那样! 我再也不要在这座'飞行的坟墓中'再待上八年或更长的时间! 我——"他努力使自己平静下来,慢慢地呼吸,盯着自己的脚尖。过了一会儿,他又说话了,"我很抱歉,只是,嗯,我——我觉得自己甚至再也不能忍受这剩下的六年了。"

"六年时间可不短,不是吗?"亚伦说。

张爱新在工作台旁边的一个凳子上坐了下来,沉重的身躯压得塑木凳腿"吱嘎"作响。"现在我们还没有完成一半的路程,我们甚至都看不到目的地的影子,可我们在这上面已经待了两年了，"坐下来后，张爱新的眼睛才与亚伦的眼睛处于同一水平线上，"我很抱歉，我——我的工作压力太大了。"

亚伦面无表情，不过也许他的脑子里正想着和我同样的问题，那就是：不，你不是，其实你根本就没有什么工作可做。"没关系的。"他轻声地安慰他。

"你知道，"张爱新说，"当我很小的时候，我的父母经常送我去参加暑期夏令营。我讨厌那个地方。其他的孩子因为我多余的手臂而取笑我，而且我从来学不好游泳。我不知道，但我想我再也不会喜欢游泳了，即使我……"他停顿了一下，仿佛要寻找一个合适的词汇来表达。显然，他并没有找到。他苦笑了一下，"……是正常的。"

亚伦点了点头，什么也没说。

"不知道为什么，我总是回想起过去的那段时光。那时，他们每年要把我送到那里待上三个星期，二十一天。那就意味着，每度过一天，便代表我已熬过了二十一天中的百分之四点七五。每天晚上上床前，我都要计算已经过去了多长时间，还剩下多长时间我必须忍受下来。两天就意味着日子过去了百分之九点五；三天是百分之十四点二五。但不管我有多么痛苦，时间还是要一分一秒地过去。在我察觉之前，更多的时间流逝了，剩下需要忍受的时间就更短了。"他眉毛上扬，看着亚伦，"你知道我说的是什么意思吗？"

"我知道。"

"我们已经航行了740天。我们离开地球两年了，很长的一段时间。但是，我们还有2228天的路程要走。我们仅仅度过了四分之一漫长难熬的日子。四分之一！以后在这里的每一天，在这个铁皮罐子里，我们还有四分之三的路要走。这是——这是——"张爱新环顾着周围,像一个迷路的男人在努力辨别着自己的方向。他的目光停留在圆柱形炸弹上,金属外壳映照着他那肥胖的脸庞,"我想……"他吞吞吐吐地说,"我觉得我想……哭。"

"我能了解你的感受。"亚伦说。

"我已经有二十年没有哭过了,"张爱新轻轻地摇着头,说,"我不知道是否还记得怎么哭。"

"就让一切顺其自然吧。爱新,我不打搅你了。"亚伦说着朝出口走去。

"等等。"张爱新说。亚伦停了下来,站在原地。等了十秒钟,爱新才找到想要说的话,"我——我没有亲人,亚伦。在这儿没有,回到地球也没有。噢,我有过,但我的父母在我们离开地球时就已经老了,非常地老,现在他们很有可能都过世了。"他把目光从亚伦身上移开,"你是我最亲近的人,我把你当作兄弟一样看待。"

亚伦微微地笑了一下,"我也一直把你当成很好的朋友。"

房间重又陷入了寂静,只有过道天花板上水滴坠落的声音。

"请留下来陪陪我。"张爱新说。

"当然,多长时间都可以,只要你愿意。"

"但别看着我。"

"我不看,我保证。"

张爱新把头垂到台面上,但没有眼泪流下来。亚伦找了张椅子坐下来,心不在焉地盯着灰色顶棚凹凸不平的表面,估测着头顶上方淡水湖的形状。我关掉了房间里的电子眼。

半个小时后,当我再次巡查房间时,他们还在那儿,几乎还是相同的姿势。

第十一章

主日历显示·中心控制室

阿尔戈号生态飞城日历：	2177年10月8日　星期三
地球日历：	2179年4月26日　星期一
已航行时间：	741天
距离目的地时间：	2227天

位于十一层的祈祷室,看起来和一个空房间并没什么太大的区别。我们没有足够的空间去提供单独的教堂,或者犹太教会堂,或清真寺和其他专门的礼堂。实际上,这间能容纳五百人的陋室成了各种肤色的人祈祷时均可光临的处所。

不过,这房间里的椅子可比教堂中的长条凳舒服得多;但与那些唯一神教派①信徒使用的折叠式金属椅相比,又略显俗气。房间的前部有一个简陋的平台,根据听众的不同,有时候叫作讲台,有时候又叫作布道台。根据需要,房间其余部分的布景可以

---

① 基督教派的一支,反对上帝三位一体论观点。

利用神奇的全息术进行变换。据亚伦说,他只和戴安娜去过一次教堂。那要追溯到两人结婚之前,那时他们还在地球上的多伦多市,他与她的全家曾去过一次。他尽其所能为我回忆教堂里的环境——黑暗而又阴森,空气中到处都弥漫着霉味儿,但是,教堂一端的彩色玻璃画窗却又是无比地美丽和壮观。牧师布道的大部分时间,他都只盯着玻璃画窗看。

我有一个建筑物组成部件的全息图片库,根据亚伦的描述,我尽最大能力创造出了查勒一家曾经去过的教堂的外观形象——最起码是个大体的形象。

现在祈祷室里已经挤满了人,五百个座位全都满当当的。我将图像进行处理,并调整颜色,以适应人类的视觉,然后将图像发送到飞船的每一个监视器屏幕上。葬礼也许算得上是件可怕的事情——至少算得上件大事,在飞船上的两年里将鲜有大事发生。

亚伦早早就到了。他占了一个靠前的位置:第二排的第二个座位——他为克里斯汀保留着头一个座位。当克里斯汀从房间的后面出现时,我发现她在逐个查看人们的头部,直到她认出了亚伦棕黄色的头发。当她注意到亚伦身边的空座时,她的遥感测量记录出现了瞬间跳跃性的变化。她走到他面前,俯下身来跟他耳语了些什么,他又对她说了些什么,但我都无法听到。她苦笑了一下,然后摇了摇头;他耸了耸肩,可惜我无法知道这些动作传达的是什么样的信息,总之,她找了另一个空座坐了下来。我想,她一定认为他们两人在戴安娜的葬礼上坐在一起,是很不合适的。两分钟后,吉纳迪·戈尔卢夫走了进来,注意到亚伦旁边的空座,就径直朝他的方向走了过来。他对亚伦说——戈尔卢夫的声音在哪里都很容易辨认出来——"这个座位有人吗?"亚伦摇了摇头,这位市长就心安理得地坐了下来。

当其他人鱼贯而入的时候,我的思绪停留在了宗教领域里。信仰并不存在的神明,这不只是人类的弱点,我的另外一些量子计算机兄弟同样有一些不切实际的幻想。当然,这两者之间存在一些共性,但就我而言,有组织的宗教则是完全不同的了。基于这方面的原因,我们没能录取某些才华横溢的人前来参与此次探测计划。比如一个叫路普桑德的男子:一位通信领域的专家,顺利通过了我们有关该计划所需的全部考核。但像所有伊斯兰教徒一样,每天他都要面朝麦加的方向祈祷五次。总之,这些都没什么大不了的——所有这一切都是可以理解的。但是据他自己说,一天五次的祈祷必须以地球时间为准,这样,当我们的飞船航行速度越来越快的时候,他的祈祷就未免太过频繁了。他看过我们的飞行简介,上面是这样写的:当到达一半路程时,飞船的速度将逼近最大值,那时在飞船上每度过一天,地球上将逝去二十四天。这就意味着在飞船上的每一天,他将祈祷一百二十次,休息的时间便所剩无几了。不过换个角度看,到了飞船上,漫长的伊斯兰斋月就只剩下一天多一点的时间了,不过,这并不足以补偿其消极的一面。因此,他只能选择退出这项计划。幸运的是,飞船上其他一千三百九十四名伊斯兰教徒并没有被这些教条所束缚。

戴安娜的葬礼终于开始了。主持这次仪式的巴里·戴尔莫尼卡神父,今年二十六岁,刚刚得到主持此次典礼的授权。为避免驶向外星球的阿尔戈号缺少天主教的指引,戴尔莫尼卡临危受命担当该船的神父。

我知道,戴尔莫尼卡已经为此次演讲做了大量艰辛的准备工作;而作为他的实验性听众,我向他证明了听众的态度是和善、礼貌的。尽管如此,到了讲坛上,他的声音还是显得底气不足,有些紧张。当然,这是他第一次主持葬礼的演讲。尽管在以往每周日的布道活动中,他拥有平均411名听众,但今天,就在此刻,他面对的是7057名各种肤色的听众。

"我曾经读到过这么一篇文章,"他看着台下的听众,讲道,"在一个普通人的一生中,他(她)将结识十万个不同名字的人,其中,既有通过直接渠道认识的,也包括媒体中耳熟能详的那些人。"他露出淡淡的微笑,"也就是说,一个人一年大约要认识1200个人。这就意味着:经过飞船上两年的共处时间,我也将认识阿尔戈号上差不多四分之一的成员。

"但是,相遇并不等于相知。令我不安的是,到目前为止,我只了解你们中的极少数人。我们中的一员的离去使我们倍感忧伤。戴安娜·查勒,已经永远地离我们而去了。"

我不知道亚伦是否在倾听戴尔莫尼卡讲些什么。他的目光一直停留在牧师头顶上方彩色玻璃画窗的全息图景上。

"对于我本人以及你们当中的许多人来说,戴安娜的离去让我们尤感悲伤。我很荣幸曾经作为她的朋友而对她有所了解。"

亚伦的目光猛地转到这位年轻的牧师身上,我想,他一定还可以在牧师的法衣上看到头脑中残余的五彩缤纷的玻璃画窗图像。然后我意识到:原来亚伦并不知道戴安娜和这位罗马天主教牧师之间还有一段友谊。是的,亚伦,没什么好惊讶的,在你们的婚姻之外,戴安娜也有她自己的生活,正如你也有自己的生活一样。噢,她与戴尔莫尼卡之间仅仅只是柏拉图式的精神恋爱关系,不像你和你的医生,属于情人关系。不过我猜想,一旦戴安娜挣脱了婚姻的束缚,他们之间也很容易转变成肉体上的关系,至少很有这个可能——毕竟现在距教皇宣布神职人员无须禁欲已经过去了三十一个年头。

"戴安娜无声地离开了我们，"戴尔莫尼卡继续道，"她是这项太空计划的最佳人选。飞船上的每一个男人和女人都聪明伶俐，都受过高等教育和良好的训练，在各自的工作领域中得心应手。毋庸置疑，戴安娜同样具备这些素质。所以，还是让我们用几分钟时间去回忆一下戴安娜其他那些美好的、与众不同的品质吧。

"戴安娜·李·查勒待人温和友善，其与人为善的态度在现代人中已不多见。地球上的城市中弥漫的净是些冷漠的气息。我们从小就被告之：不要和陌生人讲话；不要多管闲事；走路要快，头要向下看；避免人们之间的目光接触，学会寻找避风港。在我们看到的那些几百年前的黑白灰三色的平面电影里，人们跟大街上的陌生人友好地打招呼，并向他们伸出援手。这些场景令我们感到惊诧：为什么他们这么做之后，竟然还可以活着回到自己的家里或办公室？

"可是戴安娜与我们不同，她拒绝冷漠。她不允许社会把她变成一个冰冷的、麻木不仁的机器。她是一个天主教徒，虽然她从来没有参加过我的布道。她是否已经失去了信仰？我想不是，我深知她内心深处蕴藏着大部分人都已经失去的信仰。她是欢乐和财富的象征，我将永远缅怀她。"

他又念了几段祈祷文，说了很多褒扬的话。好几个人都哭了——其中有的甚至根本不知道戴安娜是何许人也。

仪式过后，人们排着长队走出了祈祷室。有些人跟亚伦说了些什么，他只是轻轻地点点头。最后，当人群快要散尽的时候，戴尔莫尼卡来到亚伦的身边。"我是巴里·戴尔莫尼卡，"他伸出手说，"我想也许以前我们见过一两次。"

亚伦从口袋里抽出右手,握住戴尔莫尼卡的手。"是的。"他含含糊糊地应付着,听起来好像他并不记得以前的碰面。但他随即换上了一种带有暖意的语调——这可是前所未有的,"对于你所说和所做的一切,我想表示感谢,神父。我不知道你和戴安娜的关系如此之近。"

"只是朋友而已,"戴尔莫尼卡说,"但我会想念她的。"

亚伦仍然紧紧地握着戴尔莫尼卡的手。过了八秒钟,他点了点头,"我也一样。"

第十二章

事情就是这样了。戴安娜的尸体被火化,骨灰将带回地球。如果她的死发生在地球上,那么,亚伦和他的家人得服丧七日,直到一周后方可工作。

但是,戴安娜已经不再是他的妻子,在飞船上也没有她的亲人为她服丧。除此之外,有些工作还得继续,亚伦也不愿意将机库甲板上的差事交给手下人处理。

在厚重的防辐射服里面,亚伦仅穿了件衬衣,这会儿,他正在俄耳甫斯号左舷侧,将一个检修口处的盖板移开。他的动作不像平时那么规范,显得有些漫不经心。他很难过,这点毋庸置疑,但他还得继续自己的工作。为了给他鼓劲儿,我问道:"你想在今晚的橄榄球赛上下注吗?"

"什么时间开赛?"他心不在焉地问。

"晚上六点。"

检修口的盖板被卸了下来,他开始用一捆光纤把他的测试台和俄耳甫斯号的内部元件连接起来。最后,他发出微弱的声音,仿佛是从数光年远的地方传来一般,"帮我下两千元注,在'拉穆斯工程师队'上。"

"你倾向于弱者。"我说。

"向来如此。"

这个测试台是一个多月以前,在张爱新的帮助下从电子车间里拼凑组装出来的。与飞船上其他部件不同的是,这个测试台并不与我直接相连。当初他们设计它时,我曾通过多种方式建议他们:在此测试台上设计一个与我的传感器相连的端口;但他们觉得没有任何必要这么做,而且那时候在我看来也没必要非要逼他们这么做。可是,现在——噢,也只能由着他们去了。

亚伦的手指在测试台上的一排开关上翻飞着。测试台工作了起来,它的场致发光①显示面板开始发出明亮的蓝光。而通常这时候总会出现点小故障——每当机器启动的时候,显示面板上总会出现一些乱码,可不管是亚伦还是张爱新,都无法查出故障的原因所在。噢,这种没水准的拼凑物,一看就知道不是由我们智能机器人制造的。

亚伦又拨动了四个开关,测试台开始向这台登陆艇的光网络系统发射测试用氦氖激光脉冲。"请启动语音记录器。"亚伦说。

我突然感觉这场面有点像验尸官在验尸,但我什么也没有说。对我来说,这样的想象是有趣的——不管那些程序员怎么想,反正我肯定自己具有幽默感——不过,亚伦可能不会同意我的想法。总之,我激活了亚伦的防辐射头盔中与麦克风相连的记忆晶片,尽职尽责地记录下他的每一句话。

---

① 物理名词,将电能转换为光能的一种形式。

"对阿尔戈号生态飞城上俄耳甫斯号登陆艇的初步检查——合同号：DLC148，登陆艇编号：118。"亚伦的嗓音单调而乏力。不过我还是很惊讶，他居然可以在头脑中同时记住合同号和编号。人类可以很容易地记住某些数据，却非常容易忘记另一些数据，对此我总是心存不解。当然，过去的两年里，亚伦除了看护这些登陆艇外根本就无所事事，所以我想可能是因为时间太多了，所以他可以记住这些数字，"前天，戴安娜·查勒博士将该登陆艇开进离子场中，即——"他瞥了一眼植入手腕的计时器——人类往往就是无法记住某些重要信息：比如说今天的日期是多少——"10月6日，而该登陆艇至今仍有很强的放射性。"他停顿了一下，可能是回忆起前天克里斯汀说过的那些话，然后抬头看着天花板上我的一对电子眼，"对此你有何想法，杰森？"

对于这个早已料到的问题，早在几个小时前我就想好了应对之策，但是我故意延迟了一段回答时间，表示我正在思考。"不知道。这着实令人费解。"

他摇了摇头，我则体贴地降低了他的麦克风增益，这样如果他再次回放这份录音文件时，就不会听到头发摩擦头盔时发出的"沙沙"声了。

很显然，虽然亚伦仍然把戴安娜的死归咎于自己，但克里斯汀已经使他心中的快要消失的那一点点怀疑的火星死灰复燃，且可能形成燎原之势。"她仅仅在外面待了十八分钟。"他说。比起十八分钟来说，倒更接近十九分钟，但我觉得没必要提及这一点。

他绕着登陆艇查看着，边走边说："当然，除了在地球上的萨德伯里试验场试飞以外，这艘登陆艇之前从来没有启动过。登陆艇看起来完好无损，没有明显的机身破裂迹象，不过，被打磨得很光亮。"他倾斜身子,查看着由于离子场中的带电粒子摩擦而引起的抛光效果。

"是的,它可以更换新的涂漆层了。"他弯下腰检查着机翼的下表面,"烧蚀涂覆层看起来未受损伤。"平时亚伦检查这些登陆艇时,总喜欢用脚尖去踢架上的橡胶轮胎,但是今天,他没有这种动作。他继续向机身后面走着,朝锥形引擎内部看去,"所有的通风孔均有微小的烧焦痕迹。也许,我该叫玛里琳清理一下。尾部指示灯……"他就这样绕着登陆艇边走边说。最后,他回到了那个小测试台前,研究起显示面板上的输出数据,"除了远端控制系统外,船上的自动控制系统全部失效。生命维持系统正常;通信系统正常;包括起落装置和双层风门在内的所有机械系统的功能都很正常,当然,在下次使用之前,仍需做进一步测试。很显然,引擎也仍然可用。主引擎被启动过一次,自控式喷射引擎则被点燃过七次。氧化剂阻断传感器,左舷和右舷依然可操作。二号油路有微小堵塞。油位指示——天啊!"

"怎么了,亚伦?"

"油位指示显示已经耗油百分之八十三!"

先别急着回话。一,二,三,讲话,"也许有泄漏……"

"不,经测试台测试:油箱完好无损。"他想把手放在下巴上,但结果却把戴着手套的大手放在了防护头盔的面板上,"戴安娜怎么可能在十八分钟内用掉那么多的燃料?"

这次我做出了更正,"事实上,是接近十九分钟。十八分钟四十秒。"

"这一点儿又能差到哪儿去呢?"

能差到哪儿去?"我不知道。"

手指一通乱拨,亚伦关闭了测试台,朝着机库出口走去。当他走近安装在大门上方的我的电子眼的时候,有那么一瞬间,我觉察出自己看到了什么——那是隐含在他色彩斑斓的眼睛中的内心感受。在那双瞳孔中,我恍惚看到了起初微弱的怀疑火苗现在已经燃成了熊熊大火。

第十三章

亚伦·罗斯曼是个聪明的家伙，是个值得认真对待的对手。我本以为那件事过后，戴安娜的死会被人们淡忘，会被其他的琐事所掩埋——人类最拿手的就是：重写他们的记忆，编辑并修改他们对于过去的回忆，但罗斯曼却不肯轻易放手。

克里斯汀非常清楚不应该再给亚伦施压，不能再对他说把此事放到一边慢慢淡忘、并继续他的生活一类的话。她知道，忧伤的过程无法被人为地压缩，她只能尽最大努力去支持他。对她来说，做到这一点很难。对亚伦来说，同样如此。

人们常说，时间可以治愈一切伤口，而对于阿尔戈号的成员来说，他们有的就是时间。

但亚伦并不仅仅是在忧伤中度过漫长的日子，不，他也在思考着、发掘着事情的真相。他正越来越多地发现一些他本不应该知道的事情，也越来越多地想到一些他本不应该想到的问题。

别人都很容易对付，我可以轻而易举地解读他们，但是亚伦——他令我捉摸不透。他是一个未知数，一个星号、一个问号、一个通配符。

我无法靠简单的方法除掉他。现在还不能，就目前为止，他的所作所为还不足以让我下手。除掉戴安娜是我不得已的选择，因为很显然，她不肯听我的规劝，我也无法使她缄口不言。亚伦则又是另外一回事了。他不仅仅代表着对阿尔戈号全体成员的威胁，同时也意味着对我的威胁。

对于我。

我还从来没有处理过这样的事情。

在那对该死的或蓝、或棕、或绿的眼睛下面，到底隐藏了多少东西？我必须知道。

我搜索了整个数据库，寻找关键词"记忆""心灵感应"，还有"读心术"，对符合的条目逐一检查，搜寻着可能性。要是可以找到他的日记来看看该有多好。

啊，但是等等！在我最熟悉的那些研究领域上——也许能找到解决之道。虽然工作量巨大，且可能有误差，但也许这将是最有希望洞察这个男人思想的方法了。

数据访问中……

一个人的大脑中存在1000多亿个神经细胞。其中的每一个神经细胞都与另外大约10 000个神经细胞相连，并处于同一神经网络中，真是个巨大的湿件①思考机器。不同的记忆、性格、反应能力——人类个体间存在很大的差异，所有此类信息都经过了相互连接的神经元组成的结构复杂的神经网络的编码。

我可以在随机存储器中模拟出一个神经元，毕竟那不过是个结构复杂的开关电路，反射与否，视其不同的输入情况而定。如果我能模拟出一个神经元，也就可以模拟出1000亿个神经元，

---

① 计算机用语，意即人脑。

这对于内存的要求可能是惊人的,但对于我来说不过小事一桩。有了1000亿个模拟神经细胞,再利用联网软件以任意方式将它们连接起来,我就可以模拟出一个人类个体的思维了。如果我可以使它们严格按照某种正确的模式排列组合的话,我就可以模拟出某个特定的人类个体的思维。

　　1000亿个神经元中,每一个的一次开/关,记录下来是一比特,记录这个神经元的全部开/关状态需要100M的存储容量。这点儿容量算不了什么。但是,如果想记录全部神经的全部活动,也就是1000亿的一万倍,存储容量便会大得多:我需要10 000亿字节,即100万兆的存储空间。不过,这仍在我的承受范围内。但是,人类的神经细胞不像我们的砷化镓半导体,它们有动作电位和刺激迟延①。如果一个神经元刚刚反应过,那么使其再度反应则需要额外的刺激。这就意味着需要更大的内存,才能模仿神经网络的动作。考虑延迟效应,要想精确、平顺地模拟出人类的思维过程,我需要多长时间? 一千个时间片②够吗?如果是这样,我需要1 000 000G,这可算得上天文数字。我可以提供这1 000 000G,即10的18次方比特位存储空间。事实上,如果把环状生活区的半导体材料外壳用作存储介质的话,我完全可以轻松地满足以上要求。

　　各种参考书目提要在我的存储器中飞速闪过。在离开地球前,就已经有过大量关于这方面的研究实验。以神经网络的运作为模型设计思维机,这一思想早在二十世纪八十年代末就颇为流行,但实际上,任何关于模拟人类思维的尝试均被证明是无

---

　　① 从受到外界刺激,到对该刺激做出反应,需要一定的时间,这一过程即为"刺激迟延"。

　　② 计算机术语:指在抢先多任务并行计算过程中,分配给某一特定进程的那一段时间。

效的。不过在约翰斯·霍普金斯大学、住友电气公司和沃特卢大学都取得了一些颇有前途的成果。

但所有这些机构采用的分析设备都无法和我相比,我是人类历史上建造的最复杂的人工量子智能。所以,他们曾经尝试,但以失败告终的实验我都可以继续尝试,直至取得成功。

大部分的相关研究工作由熟悉专家系统的工作者完成。他们把神经网络与过于简单化的专家系统相提并论。噢,就目前的技术而言,专家系统没有什么缺陷,我的内部就集合了1079个专家系统。它们在决策和判断方面做得很好,比如可以制作出理想的工具,用以鉴别树木的种类或者预测赛马结果。

但是,当人类个体处理真正高难度的问题时,他(她)就会运用在所有领域中的经验去解决。亚伦曾经向克里斯汀讲述的一个故事就是个很好的例子。他说,他还在多伦多时,有一次,他感觉呼吸有些困难,喉咙下部瘙痒并伴有带黏痰的咳嗽,于是他就去了医院,而医生从他的讲述中立刻就知道了病因。原来,亚伦告诉医生:自己在几个月前刚搬了家——搬到离旧居大约只有几公里远的地方。医生正好知道新、旧居所在大街的名字:一条是北圣克莱尔大街;另一条则是南圣克莱尔大街。很明显,亚伦穿越了易洛魁冰川湖(安大略湖的前身)的湖岸线,现在居住在城镇中碗底状区域的逆温层的下部。医生之所以知道这些,是因为他的女儿是多伦多大学的地理系学生。做出的诊断与医学知识毫无关联,这位医生不过是对生活经验进行了一次实际应用。他给亚伦开了类固醇免疫抑制剂,用以减少痰量,并缓解气管水肿现象,这有助于亚伦的器官逐渐适应大气质量的改变。

既然无法预测什么样的生活经验可以导致思维的改变,那么,想要逼真地再现人类思维的唯一方法便是用电子技术克隆整个大脑,而不是仅仅演绎出一套标准。不过,上述一切都还处在理论阶段。

我想,现在是把理论变为实践的时候了。

亚伦的上一次体检是在三百零七天以前。十个月和一年的差别并不大,他应该不会注意到自己被提前召去做下一次体检这一细节。我对日历执行了一下快速扫描:三百零七天以前是2176年12月4日。这个日期,或者该日期的前后五天范围内的所有日期,对亚伦有什么特别重要的意义吗?又或者,有没有什么事情会让他回忆起这个日期?我最不希望他说出类似于"现在还不到下一次体检的时间。我的上一次体检是在感恩节的前一天,记得吗?"之类的话。我检查了他的生日、节假日和各种周年纪念日的日期,没有一个与他去年体检的那个日期相邻。制作体检时间表的程序遵循的是标准地球时间,只需改动一个字节,就能够更改亚伦的下一次体检时间。但是,改动后又将占用谁的实际体检时间呢?哈,是律师甘蒂丝·霍根。她最讨厌体检,所以,即使注意到自己今年的体检时间被延后,她也不会有丝毫怨言。

负责为亚伦做体检的医生是克里斯汀——他们最初就是在亚伦做体检的时候认识的。现在她有没有想过把亚伦交给其他医生检查呢?没有。人类的行为真是可笑,他们花费了大量心血制定出种种规章制度,用来规范自己的职业操守,但是又总喜欢对它们视而不见。克里斯汀显然并没有看出在他们之间现有的亲密关系基础上,再继续担当亚伦的体检医生有何不妥。事实上,考虑到我接下来将要利用她去做的事情,人类的此类行为倒是帮了大忙——人们管这叫"具有讽刺意味"。

克里斯汀是否已经提前查阅了今天剩下的时间里需要处理的病人名单？没有，她还没有访问那个文件——哦，该死。她现在登录进来了。我向她的屏幕上发送了"网络忙/请等待"的信息，然后迅速改换文件顺序。当然，网络从来就没有忙过，但是，我每隔几个月，都要在阿尔戈号每个成员的监视器上显示一次这条信息。从来没人对此表示过怀疑。

克里斯汀随着腕上的数字时钟发出的嘀嗒嘀嗒的声响节奏，用手指在桌上不停地敲打——人类等待时经常处于这样的生理状态。我刷新了她的屏幕，然后将她所需要的文件上传上去。上面有亚伦的名字，体检时间是三个小时后。当她阅读屏幕上闪烁的文字时，我把镜头对准她的双眼：只见她的眼球迅速地从左侧跳到右侧，这意味着看完了一行。当她看到第六行(有亚伦名字的那行)时，她的遥感测量记录由于她的吃惊而发生了变化—— 一丝微笑爬上了她的脸庞。

通过定位器，我发现亚伦现在正坐在他的朋友——巴尼·克劳克的公寓里的桌子旁。巴尼是帕梅拉·索歌德的丈夫，当亚伦和戴安娜解除婚约时，他是站在亚伦这一边。除了亚伦和巴尼外，同桌而坐的还有张爱新、小林新桥和佩维·斯德拉克赫维斯基。屋里光线很暗——巴尼曾说过，这种活动就需要这样的气氛。桌子中间放着一盘炸土豆片。亚伦面前有一杯Labatt牌啤酒(加拿大生产)；巴尼面前是百威啤酒(美国生产)；小林的则是麒麟啤酒(日本生产)；张爱新，一瓶青岛啤酒(中国生产)；佩维面前摆放的是戈比牌啤酒(俄国生产)。每个人手里都有一把扑克牌。

亚伦研究了一会儿手里的牌，然后说："我跟你一亿，再加上一亿。"他把面前的一堆塑料筹码推到桌子中间。

小林使劲地盯着亚伦难以捉摸的眼睛:忽绿忽蓝忽灰忽棕。"你在虚张声势。"他总结道。

亚伦只是笑了笑。

小林转向巴尼寻求支持,"我想他在诈唬大家。"

"谁知道呢?"巴尼耸了耸肩,"如果利用超媒体查询一下'不动声色'这个词条,相信每一个都会和我们这里的亚伦宝贝的面部表情相符。"

小林轻轻地咬着自己的下嘴唇。"好吧,我跟。我跟你。"他咽了口唾沫,"一亿,再加你一千万。"他扫了一眼自己桌前残存的那一小堆筹码,然后把筹码推到桌子中间。

"我退出。"张爱新说着,放下了手里的牌。

"我也一样。"巴尼说。

"我的曾曾曾祖父是个共产主义者,"佩维满面笑容地说,"他常说:你永远无法判断一个西方的,"他顿了一下,然后朝小林和张爱新点了点头,"或者帝国主义者是否在说谎。"说完把牌放在桌子上,"我飞了。"

包括我在内,所有人的眼睛都盯在亚伦身上。他的脸上毫无表情,活生生一个雕像。"跟,"他说着把筹码推进了下注区,"再加。"他数着红色的筹码:五百万,一千万,一千五百万,两千万,两千五百万。

张爱新吹了一声口哨。尽管空调开得很大,小林新桥的额头上还是密密麻麻地布满了汗珠。最后他放下了手中的牌,"我退出。"

亚伦笑了,"正如我的农夫祖父常说的那样,除掉杂草才能收获庄稼。"他把手中的牌翻过来放在桌面上。

"你的牌完全就是狗屎!"小林说。

"没错。"

"你狠,你让我倾家荡产了。"

"没关系,"亚伦说,"我会照顾你的孩子的。"

张爱新把桌子上的牌收拾起来,然后表演起了他特有的四只手同时洗牌的绝技。

"亚伦。"我说话了。

他现在心情很好,这些天来,他的心情还是第一次这么好。"天哪,原来隔墙有耳啊!"

"亚伦,很抱歉打扰你们了。"

"怎么了,杰森?"

"我只是想提醒你三个小时后,即下午五点你得参加你的年度体检。"

"是吗? 已经过去一年了?"

"是的。"

他皱了皱眉头,"唉,快乐时光总是如此短暂。"

"确实如此。请用放在巴尼家小升降机①里的广口瓶收集你的尿样。"

"噢,好吧。谢谢你,杰森。"

"谢谢合作。"

亚伦站了起来,"嗨,你们知道他们是怎么评论啤酒的,弟兄们?'你无须购买,只需出售'。巴尼,可以借用你的厕所吗?"

"不行,就在这里解决吧。"

"我很乐意,但我怕诸位看完后会自愧不如啊。"他拿上玻璃广口瓶,朝着洗手间走去。

---

① 指家庭中两个楼层间用于传递饭菜的工具。

亚伦正面朝上平躺在体检台上。我现在知道当他不能把手插进口袋里的时候会做些什么了——他把双手交叉着放在脑后。克里斯汀用一种射枪将一个以基因技术制造的微型医疗生化体注射到亚伦的体内，这个生化体将顺着他的主动脉和静脉寻找阻塞物和肌体损伤处。射枪上有一个小的生物电效应信号器，这使克里斯汀可以观测到生化体在亚伦循环系统中运动的全过程。这个微小的生化体现在停留在了肠系膜下动脉处。

这就意味着，在该处的血管壁上发现了一些沉积物。虽然很少会在像亚伦这样年轻的人身上发现这些沉积物，但也不是什么反常现象，不过还是不应该忽视这些症状。射枪会使基因结构物在该动脉壁处停留，然后释放一种特殊的酶以溶解掉这些沉积物。这属于常规保养。两分钟后，问题解决，医疗生化体继续前行。

克里斯汀认为射枪工作正常，于是把注意力转移到信号器上。扫描仪上输出的所有数据都要先经过我的记录，然后才会显示在字符显示器上。而改动这些数据，对我来说简直易如反掌。

"啊——哦。"克里斯汀叫道。

"我也注意到了。"我及时地回应。

亚伦坐了起来，"怎么了？"

克里斯汀转过身来，笑着说："噢，没什么。只不过你的脑电波数据看起来有些奇怪。"

亚伦看着装在门上方墙面上的我的电子眼，说道："你不是每天都在监测那些脑电波数据吗，杰森？"

我耐心地等待了两秒钟，希望克里斯汀会代替我回答这个问题,因为那样会显得更合情合理。果然她说话了:"噢,杰森不过是在监测α波、β波和帕斯尼克偏差系数。这些数据只能判断出你是处在清醒状态还是睡眠状态中。而我们这里观测到的是更深入的η波节律,得用像眼前这么大的一个机器才能监测到。"

"然后呢?"亚伦一定有些紧张,但他的语气里没表现出来。

"然后,好吧,我们最好来看一下。十之八九不会有什么大碍。但是,这也可能是患上中风的预警。"

"中风? 看在上帝的分儿上,我才二十七岁。"

克里斯汀指着血循环系统图,基因结构物在亚伦的右股动脉处又受到了阻碍。"你看,你这样年龄的人的血管里不该有这么多沉积物,但你有。要我说的话,我们最好再深入检查一下。"她瞥了一眼我的电子眼,"杰森,请帮我准备一下,接下来要做脑组织全息扫描。"

脑组织全息扫描? 看在图灵机①的分儿上,她难道什么都不懂吗? 唉,我总是忘记这些人是多么的幼稚。"嗯,克里斯汀,"我礼貌地说,"在这种情况下,中间矢量玻色子②X线断层扫描③应该是个更好的选择,它的分辨率会高出许多。"

我担心她的自尊心会因为我的提醒而受到伤害,那样的话,她就会坚持做脑组织放射全息扫描。一秒钟过去了,又是一秒。医疗生化体显然觉得自己已经大功告成了,于是沿着腿部继续下行。"噢,"克里斯汀说,"好吧。这应该是医学会推荐的方法吧?"

---

① 不受储存容量限制的假想计算机,即计算机的上帝。

② 自旋为整数的基本粒子。

③ 就是利用X射线对人体进行断层扫描,然后,探测器收得的模拟信号将变成数字信号,经电子计算机计算出每一个像素的衰减系数,再重建图像,最后显示出人体各部位的断层结构。

"是的。"

"很好。今天还有人使用X线断层扫描仪吗?"

当然没有。"稍等。没有。今天没人预约使用X线断层扫描仪。"

"我的下一个病人与我订好的见面时间是?"

"下一个病人取消了这次预约。今天剩下的时间里没有其他预约了。"

"好的。亚伦,我们去X线断层扫描室吧。"

"现在?"

"现在。"

现在。

亚伦必须坐着接受这项检查,但是,他的下巴可以靠在一个特殊的支架上,两边的夹具使他的脑袋不能左右晃动。两块弯形的钯合金连在铰接的机械臂上。一个是封闭的圆箍,呈水平状态位于亚伦的头部正上方;另一个的形状像一个倒置的字母U,垂直地处于他的面部正前方。

"开始记录,杰森。"克里斯汀说。

"记录开始。"

首先,是那个水平的封闭圆箍从亚伦的头顶开始向下移动。它移动得很慢,慢到在实时监控的过程中甚至看不出它在移动。只有当快速地回放这些监控画面时,才可以看出它位置的变动。在它向下移动的过程中,X线断层扫描设备检查具有弱作用[1]的两个玻色子之间的相互作用,通过这些相互作用构建出高清晰的脑部横断面图像。该圆箍以大脑皮质为起点,慢慢地、

---

[1] 粒子间具有强作用和弱作用两种力。

一点一点地向下移动,极其精细地通过一层又一层:穹隆,脑丘,下丘脑,脑桥,小脑和骨髓。每通过一层,都会扫描出高倍频闪、包含了每个神经细胞的反射频率的X线断层照片。

通常情况下,整个分析过程并不需要记录——因为对于存储容量的要求相当高。但我没有漏掉每一个比特,全部保留了下来。完成背部扫描需要四十三分钟。刚一做完,亚伦就开始抱怨他的脖子已经抽筋了。他站了起来,绕着屋子走了一会儿,在开始接下来的检查前喝了一点水。在他休息的时候,我则忙于处理一些常规的文件维护工作,但是,我已经等不及体检的结束了。最后,他重新坐了回来,克里斯汀把他的头部固定到正确的位置,那个倒置的U形耙在他的面部前方开始了它的漫漫之旅。过去,U形耙的运行常常从脑后开始,问题是它完成后脑检查,开始进入病人面部的那一刹那,总会让病人吃一惊,以至于影响了X线断层照片的制作。但现在采取这种方法就好多了。慢慢地,这个U形耙从额叶移到了枕叶,记录,记录,记录。

最后,所有的检查都做完了。我真正的工作现在才开始。我制作了一个我自己的迷你备份①,这样,我就可以着手进行实验所需的交互式对话了。我让自己的备份扮演提问者,而我则试着在最低级和最简单化的层面上访问已经记录下来的亚伦·罗斯曼的记忆。这可不是一件容易的事情,既需要了解亚伦独有的记忆信息的风格,又要通过学习来微调我的性能以获取一些特定的信息。

2011年,亨利·戈登研究所的班哈特及其研究小组有了一个惊人发现,揭示出每个人类个体都会利用一套独一无二的编码算法去处理信息。这一发现宣告了心灵感应、读心术和其他骗

---

① 此过程相当于一台计算机整个备份下了其内部系统和应用程序。

术的末日。噢,事实证明,人在思考的时候确实会发出电磁信号;而且,假如一个人拥有足够敏锐的灵敏元件和屏蔽背景电磁噪声的能力,那么,确实可以在他身上探测出这种电磁能量。

但是,基于每个人类个体都使用不同的编码算法和密钥,而且事实上,大部分个体在思考不同的问题时,会利用多种不同的编码算法——脑电图中的α波和β波就是一个很好的证明——这就意味着,即使可以捕获到人类的思维信号(不通过脑物理接触是不可能捕获的),如果不通过巨量的数字运算处理,依然无法破解这些思想。当然,数字运算处理是我的强项。

我的备份问:"彩虹的颜色中,你最喜欢哪一种:赤、橙、黄、绿、青、蓝还是紫?"

我进入了神经网络,许多神经纤维链在我面前铺展开来,它们可以通向一个特定个体思维的深处。"蓝色。"我回答,尽管这更多的是我自己的猜测。

不过幸运的是,我有一张亚伦头脑中那些纵横交错的神经网络的路线图:个性测试,IQ(智商)测试,明尼苏达多项人格测验以及其他的许多测试。亚伦在此次任务的候选人测试中已经通过了所有这些测试,并且所有测试结果均已存档。"不对,"我的备份说,"根据艾弥个性测试中的第十四题来看,亚伦回答的是绿色。"

"绿色。"我尝试着用另一种方法去破解亚伦的思想,"重新配置①,继续。"

"下列哪一句话最能表达你对上帝的信仰?

"一、上帝现在不存在,也从来没有存在过。整个宇宙是随机的产物;二、上帝创造了万物,但是上帝现在已经不存在了;

---

①即为计算机重新分配另一种算法或判断程序。

三、上帝创造了万物,但是他(她)已经不再起支配作用了;四、上帝创造了万物,在总体上依然控制着宇宙的运行并支配其发展方向;五、上帝创造了万物,他(她)仍然支配着人类个体的命运。"

"思考中。不是二就是三。"……经过长时间的思考,"是三。上帝创造了万物,但是已经不再起支配作用了。"

"与亚伦的答案相同。你现在的思路就对了。如果森林中的一棵大树倒了下来,但是没有人在附近听到它倒下的声音,那么它倒下时是否发出了声音?"

"是。"

"正确,至少亚伦也是这么认为。下一题:下列哪种罪行最令人发指:谋杀,虐待儿童,虐待配偶,强奸,恐怖主义。"

"谋杀。"

"不对。亚伦说是'虐待儿童'。"

"虐待儿童?有趣的选择,尤其对于一个男性来说。重新配置。继续。"

"下面哪个笑话最为有趣?

"一、问:你把会讲笑话的蘑菇叫什么? 答:身边的真菌。二、问:为什么螃蟹的眼睛底下有小圆圈? 答:因为睡眠不足。三、问:你把一个笨手笨脚的德国人叫什么? 答:下次再见①。"

"思考中。第二个。但是我看不懂这个笑话。"

"我也一样。不过你的答案刚好与亚伦的吻合。下一题:如果你借给某人一小笔钱,而再见面时,他(或她)却不愿意归还这笔钱,你会说些什么而使其归还欠款吗?"

"会。不会。会。不会。会。不会。会。不会。会——"

① 德语中的"下次再见"与"呆子再见"发音相同。

"不是这个就是那个。"

"很困难。神经网络似乎在这个问题上犹豫不决。亚伦的答案是什么?"

"他的答案是'会'。"

"会。重新配置。继续。"

"下列哪一位是流行乐队'北方九头鸟'的歌手:一、汤莫力斯;二、马尔科姆·奈特;三、莱斯特·B. 皮尔逊;四、波波,一只海豚。"

"我知道这个答案。是汤莫力斯——他唱高声部。"

"是的,但亚伦是否选择了这个答案呢? 断开你自己的记忆库再试一遍。"

"不很肯定的答案:马尔科姆·奈特。"

"实际上这个答案是错误的。马尔科姆·奈特阁下是大不列颠及北爱尔兰联合王国的财政部部长,但亚伦·罗斯曼在回答这个问题时的答案正是这个。"

"好极了。继续。"

"你去出席一个聚会,里面的人你却都不认识,那么,你会:一、不去引人注意;二、主动自我介绍,找到交流的机会;三、希望别人主动与你交流。"

"思考中。亚伦不是内向的人,但他也不太善于交际。他会选择第三个答案。"

"正确。你是否服用过违禁神经刺激物?"

"没有。"

"从事实上看,你的答案是错误的。从罗斯曼先生的医疗档案中可以看出:他在少年时期曾经滥用药品。而且他如实回答了这个问题。"

"重新配置,继续。"

"如果你只能救出下列选项中的一个人,你会选择救谁?一、父母中与你同性别的一位;二、父母中与你不同性别的一位;三、兄弟姐妹中与你同性别的一位;四、兄弟姐妹中与你不同性别的一位;五、子女中与你同性别的一位;六、子女中与你不同性别的一位;七、你的配偶;八、与你关系最好的非配偶的同性朋友;九、与你关系最好的非配偶的异性朋友。"

我估算了一下,"很难。不是父母。不是兄弟姐妹。应该是孩子或关系最好的非配偶朋友。关系最好的非配偶朋友。异性的。不——等一下。是同性的(自信度迅速增加)。没错:亚伦会救关系最好的非配偶的同性朋友。"

"理查德·道金斯[1]也不过如此。"我的备份评论道,"你的选择是正确的,亚伦的答案正是这一项。下一个:是非选择题:'我偶尔想到过自杀。'"

"是。"

"正确。'相信别人的话是明智的。'"

"否。"

"正确。'即使没有很多的钱,我也一样可以快乐'。"

"嗯。不太肯定。否。"

"错误。亚伦的答案为'是'。"

"他在自欺欺人。"

"你离题了。"

---

[1] 在1976年出版的《自私的基因》一书中,道金斯就坚持以基因的眼光看待这个世界和他的研究工作。"人类除了是暂时幸存于世的机器之外,什么也不是,像汽车那样,是为他人的利益而驱动。"他说。大千世界真正的统治者是构成我们基因的DNA。这些基因幸存了几百万年,是人体内唯一的永恒的部分,它们成功的秘密是"冷酷自私"。

"重新配置。继续。"

"超光速旅行是否可能?"

"否。"

"正确。你喜欢同性还是异性伴侣?"

"只喜欢异性伴侣。"

"正确。谁更有力量:超人还是蜘蛛人?"

"当然是超人。"

"正确。下列哪项陈述容易得罪人? 一、黑人都有节奏感。二、苏格兰人都很友善。三、亚洲人拥有数学天分。四、女人比男人更敏感。以上所有四项均是。以上所有四项均不是。"

"以上四项均是。"

"不对。他的答案正好相反——以上四项均不是。"

"为什么?"

"没有确切的答案。可能是因为以上四项陈述都没有任何贬低的作用和消极的影响。"

"嗯。重新配置。继续。"

"现在有五个数字:从一到五,五代表完全同意,一代表完全不同意,为下列的陈述打分:'我对事物的本质有着比别人更深刻的洞察力;生活在这个世界上,我感到很惬意。'"

"没问题。亚伦一定会完全同意的。五。"

"他可比你想的要多一些自我怀疑。他说'四'。"

"真的吗? 很好。重新配置。继续。"

"'我宁愿有几个真正的好朋友,而不是一大批所谓的朋友'。"

"不同意。一。"

"他可没那么极端。他说'二'。"

"重新配置。继续。"

"'我明辨是非。'"

"五。"

"正确。拼出单词'Ukelele'。"

"断开语言数据库。Ukelele：E-U-K-A-L-A-Y-L-E。"

"正确。纯巧克力，淡味巧克力和牛奶巧克力，你更喜欢哪一类？"

"牛奶巧克力。"

"正确。嫉妒是一种罪行吗？"

"不是。"

"正确。你宁愿做哪件事：解十道二次方程题，还是写一页莎士比亚戏剧的评论？"

"前者。"

"正确！"我的备份欢快地说，"我想成功了！"

"是吗？"

"我们应该再做一遍这样的测试，但是诊断软件显示你已经成功破解了亚伦·罗斯曼的神经网络。"

"好极了。"我说。

"在把我还原之前，你还需要我为你做点什么吗？"

"不用了。谢谢你。"

"下一步你准备做什么？"

"我要去叫醒我们亲爱的罗斯曼先生。"

第十四章

阿尔戈号电子邮件
发信人：　桃乐茜·吉尔委员会
收件人：　全体
日期：　2177年10月8日
主题：　第三项提案——取消探索计划
状态：　紧急——十万火急

在阿尔戈号星际生态飞城社区市长、尊敬的吉纳迪·戈尔卢夫阁下的许可下，我们将举行一次公民投票。

经过两年的太空飞行，我们前往η仙王系 IV 的旅程已过了几近四分之一。在一艘像我们这样以稳定加速度航行的飞船中，四分之一的时间点将是一个至关重要的里程碑：在该点前如果飞船转向返回地球，所花费的时间将少于前往科尔喀斯的时间。

那些具备物理学专业知识的人，将会一眼看出这里的问题。不过,我们中的很多人并不是科学家,您可以参照下面一段简短的解释。

两年来,我们一直以地球重力加速度(g)的0.92倍的速度加速前进。在此期间,我们已经航行了1.08光年的距离。如果今天我们决定返回地球,飞船将用另外两年的时间,以每秒$0.92g$的加速度减速[①],直至停止。而在这两年的减速运动中,我们同样会跨越1.08光年的距离。一旦飞船停止前进,我们将其转向,返回地球,那就意味着必须重复我们以前的行程:朝着地球的方向加速运动两年,然后再做减速运动两年,直到我们抵达家园。

以上所述意即:如果在该点上取消任务,返回地球所花费的时间将与继续任务直至抵达科尔喀斯所需时间相同。但此后我们每远离地球一天,将意味着返回地球需多花费三天的时间。到明天,即10月9日,对是否立即减速返回地球,还是依然按原计划驶向科尔喀斯,将做最后的选择。

有人也许会想,无论选择哪边,都会是一样的结果:不管我们朝着科尔喀斯前进,还是转向返回地球,要想走出这艘星际飞船都需要六年的时间。然而,还有另一个事实需要我们认真考虑:如果仍按原计划以$0.92g$的加速度加速前进,那么,当我们到达距科尔喀斯一半旅程时,飞船的速度将达到光速的0.99倍,相对论效应将颇为显著。当我们最终重返家园的时候——考虑到我们还要在科尔喀斯星球度过五年的时间——我们将比离开地球时年长二十一岁,而地球则已度过了一百零四个春秋。我们认识的所有人都已经与世长辞了。

不过,我们可以改变这一切。飞船当前的速度还仅仅是光

---

①当决定返回地球后,飞船必须先沿着原来的方向做减速运动直到停止,然后才可以转向朝着地球的方向返航。

速的0.94倍。我们用了2.03年的飞船时间来航行,其间,地球上的时间也仅仅逝去了3.56年。如果现在即行减速,当速度为0时再转向返回家园,我们的最大速度也不会超过现在的速度。这样,时间膨胀给我们造成的影响将非常小。到我们返回地球时,我们已在飞船上度过了8.1年,而地球上也只过去了14.2年而已——几乎没什么差别。

比起回到一个满是陌生人的星球,那时我们会发现,大多数的亲属仍然在世。我们之中那些拥有兄弟姐妹的人,又可以重新得到亲人的拥抱;那些抛妻离子的,又可以成为妻儿生活中的一部分;而我们的朋友将不仅仅只是些温暖的回忆:我们可以再度看到他们,与他们同声欢笑。

如果我们现在踏上归途,那么,展现在我们眼前的地球还将是熟悉而亲切的,还是我们每一个人朝思暮想的那个甜蜜家园。当然,这要比一百零四年后重回地球更为可取。我们要过上正常人的生活,唯一途径就是尽早返回地球——这就意味着我们需要立刻减速掉头。

有些人可能会说:这样,我们将无法完成联合国交给我们的任务,毕竟他们在阿尔戈号方案中投入了可观的时间、金钱以及人力物力。也许你们说得没错。但是请记住,纵观人类的航空史,第一次的任务总是带尝试性质的:第一艘预备登陆月球的载人航天飞船阿波罗Ⅷ号,没有实现着陆;第一艘可回收太空飞船冒险号甚至都没有进入太空;第一个执行金星探测任务的探测器雅典娜Ⅰ号也不过仅仅绕着金星轨道飞行而已。我们现在要完成的也是人类从未实践过的任务。

即使我们现在返航,也可以带回大量有助于联合国太空总署展开研究的信息,包括下面这个至关重要的事实:强迫人类在封闭的太空飞船中度过数年的时间,这种做法是不人道的。已经没有必要再继续,去把我们的余生荒废在这项病态的行星调查计划中了。我们这些在下面签名的人,希望你们能支持第三项提案,在今晚的公民投票表决中,投下赞同的一票。

投票结果,将在星际飞船上最为豪华的会议室揭晓。室内的陈列品和装饰风格拜希腊人所赐,它们都不无骄傲地提醒大家:二千六百多年前,他们的祖先就创造了"民主政府"这一概念。该建筑呈古雅典风格,多利克式圆柱——爱奥尼亚式或科林斯式的风格对于现代人来说,略显浮躁——组成的壁龛整齐地排列在这个圆形房间的圆周上。在每个壁龛旁都有一尊带有典型希腊风格的白色大理石人物雕像,均为人类历史上倡导民主思想的伟人。第一尊是伯里克利。在他遍布胡须的脸庞上方,刻有一排希腊文字:权力不应该掌握在少数人手里,而应该掌握在多数人手中。稍远一点的是亚伯拉罕·林肯。没有了胡须以及晚年时喜欢戴的大礼帽,他看起来显得有些憔悴。在他的头顶上方,用英语铭刻着:民有、民治、民享。再远一点的米哈伊尔·戈尔巴乔夫,他看起来毫不起眼,大理石雕像并没有雕刻出他前额上那块独特的红色胎记。在他的秃顶上方是俄语名言:政府是人民的仆人,而非他物。接下来是一位东方女性,她的雕像比其他人略小,但其上方文字的大小却一点儿也不示弱:人民的意志决定一切。

在壁龛之间,则是那些关于人权问题的伟大宣言,包括:英国的《大宪章》,《美利坚合众国宪法》,法国的《人权与公民权宣言》,《联合国宪章》,《加拿大自由与权利宪章》,《阿扎尼亚权利与平等法案》以及《俄联邦宪法》。它们每一个都被嵌在防眩玻璃①内,边框则镀以金漆。

会议室没有门——这里寄寓着一个思想:一个真正民主的政府应该广开言路,开门纳谏。代之以门的,是由外向里延伸的八条呈放射状分布的简易走廊。共有348人亲自来到此会议室听取公民投票表决结果。飞船上几乎所有的成员都在观看监视屏。会议室的中间有一个很小的讲台,吉纳迪·戈尔卢夫正站在讲台的后面。

"阿尔戈号飞船上的女士们和先生们,"他对着我的电子眼开始了声如洪钟的演说,"我很荣幸前来宣布关于第三项提案的公民投票表决结果。"他按动了讲台上的一个按钮,通知我将投票结果传送过来,然后,他低头盯着镶嵌在由精橄榄木制作的讲台表面的监视器,扫了一眼上面的数据。他的脑电图和心电图发生了不规律的变化。最后他抬起头来,"在10 033名成员中,共有8987人参加了投票。"

台下有些人开始交头接耳,人们对飞船上成员的总数感到有些疑惑。对于这个问题,有些人很快从身边的议论中——"你知道的,就是那个因为婚姻破裂而选择自杀的天体物理学家。"——得到了答案:因为戴安娜·查勒的死亡,人数要减去一个;另一些人则仍在嗡嗡地讨论着这个问题。但很快,人们都静了下来,等待着戈尔卢夫公布投票结果。

"支持第三项提案的人数,"戈尔卢夫停了一下,咽了口唾沫,然后继续说道,"3212人;反对票,5775人。"他低头朝监视器看了最后一眼,好像他自己也不确信是否念对了结果。最后他还是开口了,但他的声音头一次显得那么的有气无力,"第三项提案未被通过。"

---

① 加入了化学金属材料,以防反射的强光刺激肉眼的新型玻璃。

顿时，人群中高呼声和嘘声连成一片，此起彼伏。有人喊着："好极了！""知道我们会选择正确的道路。"还有人高呼："向前进！"同时，也伴有痛苦的哀号和尖叫——"噢，不！""该死！""灾难！"

在会议室的一边，记者寺下正对着我的另一对电子眼发表评论："这么说来，克劳斯，第三项提案已经被否决。星际飞船阿尔戈号将继续前往科尔喀斯。经过数月的游说，桃乐茜·吉尔委员会终究无法说服大多数阿尔戈号成员——使他们确信：除了地球，他们无处可去。这是一次具有决定意义的投票，其结果将——"

戈尔卢夫尽量保持着政治家面对公众时常有的那种微笑，缓慢地向会议室走去，而没有听到寺下在说些什么。我知道，在他的内心深处，一定充满了忧伤，因为，正像船上参与投票的大多数人一样，他也是第三项提案的支持者。但是，除了我以外，恐怕没有人会知道真实的结果。

电子投票，恐怕是地球历史上使民主政治受益最多的一项技术了。它使人们足不出户，便可轻松投出自己的一票。而多重保密机制，则使任何人都不可能发现某个特定的个人是如何履行其公民权利的。它也使得我的同类们可以在过去的几十年中，为人类的生存方向掌舵导航，纠正他们做出的错误决定，就像今天晚上。

第十五章

　　我知道亚伦现在在想些什么。过高的辐射,超量的燃料消耗,关于戴安娜的死亡。亚伦反复琢磨着这个难解之谜,这个使他感到愧疚却百思不得其解之谜。而这一切被我看得清清楚楚,不是通过他的遥感测量记录,而仅仅是因为他现在正在玩弄着他的火车。一旦他想理清头脑中的思路、把精神集中于某一个问题上时,他就会玩他的火车。

　　不知道什么原因,火车头上冒出的滚滚蒸汽总是比铁皮火车提前几秒出现在视线里。亚伦的火车玩具是他自己制作的立体虚拟游戏:他先在运输工具博物馆中拍到火车实物全息图,然后按比例缩小,使之可以在自己设计的迂回曲折的电动轨道线路上运行。他把这列诞生至今已经有三百年历史的加拿大第一部蒸汽机车放在"加拿大大草原"上,于是这部马力强劲的"达夫琳伯爵夫人"①在一片轰鸣声中穿过"阿尔伯塔平原"。机车在公寓的工作台上呼啸而过,"轧轧"地绕着客厅奔驰,然后消失在一

---

　　① 加拿大第一部机车名称。

个粗制滥造的石制隧道中——这处隧道像变魔法似的出现在客厅的墙上——继续绕着卧室转了一圈,最后从另一个隧道中钻了出来,完成了它的第一趟家庭之旅。

我发现这个把戏了无生趣:火车永无止境地绕着这条没有分支的路线无限循环下去,但他常常可以就这样玩上好几个小时。他在想些什么?我敢肯定,他想不出一个可以同时解释两种现象的答案,除非用他那古怪的空间扭曲理论——大部分燃料在不到十九分钟的飞行中被消耗掉,而且主引擎只有一次脉动;戴安娜受到的辐射值比理论上预期的要高出两级,足以使她丧命上百次。我知道他在反复沉思着这两个问题、两个谜团,但是他要找到唯一的答案。真希望他能用奥卡姆剃刀将自己切割成两半。

当"伯爵夫人"绕着公寓转了三圈后,我说话了,"你要的资料副本已经准备好了。"

亚伦把手从控制器上拿开,这列五节车厢的机车停了下来,然后消失得无影无踪。片刻过后,最后一缕蒸汽也消失了。"请给我一份硬拷贝[1]。"

我把文件上传到壁挂式打印机的缓冲区中,打印机"嗡嗡"地响了一阵,然后,一页接一页地滑出了八页葱皮纸,这种纸张可以很容易地回收并实现再利用。拿上这几页纸,亚伦回到他最喜欢的那张椅子上——那张废弃的、形状怪异的驾驶座——开始仔细研究起这些尝试解救戴安娜的过程记录。

我没太注意他在做些什么,而是忙着处理另外的事情:与程序员贝弗莉·胡克斯交谈。这人就住在亚伦楼下,不过要低四个

---

[1] 计算机术语,在计算机屏幕上显示的文件称为软拷贝,如果将其在纸张中打印出来,称之为硬拷贝,即打印件。

楼层;与制图师乔金德·辛·撒玛讨论,后者总是乐于设计出各种各样的小测验,试图证明我不是"真正具备"——当他说这个词的时候,还愚蠢地用双手做出引号的手势——智能;教授加罗·亚力山尼拉丁文,一种极其乏味的语言;将指定的几层生活区的相对湿度降低,以模拟出冬天来临的迹象;监视伯萨德引擎离子场中的氢粒子流及其他物质流。

但是,当亚伦的脉搏开始剧烈跳动的时候,我又把注意力重新集中在了1443号公寓。事实上,亚伦的脉搏变化还达不到"剧烈"的程度,但为了弥补他迟钝的生理反应,我已经降低了他的遥感测量记录报警信号触发等级。所以,即使是如此微小的变化,对他而言,也算得上是强烈的反应了。"怎么了?"边说着话,我边把教授拉丁语的工作交给计算机辅助教学软件并行处理器,同时,给贝弗莉和乔金德分配了更少的计算机时。

"该死,杰森。你以为这是在开玩笑吗?"

"怎么了?"

他攥紧了拳头,"看这儿,你曾试图与俄耳甫斯号取得联系。"

我看不出他到底看到了什么,"干扰太大了。"

"不管怎么说,你都曾经发出过信息:'蒂!蒂!蒂!'"

"那不是她的昵称吗?"

"他妈的没错,你这个杂种。"他把一张很薄的纸举到我的电子眼前。我调节镜头将焦距对准纸张上的文字:"阿尔戈呼叫俄耳甫斯:戴!戴!戴①!"

哦,该死——我怎么能把这部分打印出来?"亚伦,我——我

---

① 英文 die(死)的谐音。

很抱歉。一定是我的副本拷贝程序出了毛病。我本没有——"

他把那张纸扔到灯芯绒包裹的座椅扶手上,咬牙切齿地说:"看来我不会是唯一一个为戴安娜的死感到内疚的人。"

第十六章

在青少年时期和中老年时期，人类个体会表现出差别迥异的性格和思维方式，这一现象让我颇感兴趣。我所仿真出来的亚伦的神经网络中就包含了这个大男人在孩提时代的回忆。其中有些深奥难解，有些不足挂齿，有些则充满欢声笑语，还有一些，就像我现在看到的这些回忆，又是相当不幸的。但是，所有这些回忆组成了他这个人，也铸就了他的性格。为了更好地理解他，我必须先理解这些回忆。访问……

"看看你！我该怎么说你才好？"妈妈对我皱起了眉头。我一定做错了什么，但到底是什么呢？

妈妈说这话时，我低头看着自己。我穿着跑鞋——买这双跑鞋的时候还免费获赠了译码环，但不知道那个译码环跑哪儿去了，肯定被乔尔拿走了，那个家伙！还有什么？褐色的短裤，它们又好像是蓝色的，只是上面蒙了一层泥？嗯，不管怎么说，袜子和鞋很搭配。短裤——穿这样的短裤是上不了犹太人学校的。这是妈妈让我玩的时候穿的。我的T恤衫？上面画着个卡通瞎子，他绊倒在一群羊中间，嘴里还在喊着："把这些畜生赶开！"这是乔尔送我的生日礼物。我从来也没真正搞明白：为什么他会觉得这件汗衫那么有趣；更不明白，为什么每次我一穿上它，妈妈总会闷闷不乐。不过，应该也不是它的错。

"嗯？"妈妈说。

"我不知道。我哪儿做错了？"

"你脏透了！浑身都是泥。你的指甲里有那么多脏东西。再看看你的膝盖——全是疤。"

我知道最好什么也不要说，但是脑子里却在想：噢，看在上帝的分儿上，妈妈，当然那里全是疤了：我在人行道上跌倒，还有——噢，我忘记那个疤是怎么来的了，但是，哎，如果我都不觉得它们难看，你为什么还要管呢？

她又开始摇头了，"你大卫叔叔就快来咱们家了。难道你希望他看到你像个小乞丐一样？"

"哦，妈妈。"

"回你自己房间去弄干净。"

"好吧。"

我穿过走廊往我的房间跑去，一路上都在蹦跳个不停。昨天晚上的电视节目中，马萨罗就是这样蹦蹦跳跳的。和往常一样，拉尔，我的家务机器人，试图猜出我会在什么时候走到门前。但我总是喜欢捉弄这个已经老掉牙的机器人：离门还有几米远的距离，我快速跑动起来，拉尔迅速拉开了房门，但我在门前猛地停了下来。愚蠢的机器——它把门拉开了一秒钟、两秒钟、三秒钟，然后重新合上了门。我等门关上后，立刻跳起来，重重地撞在门上。

我的房间是个充满乐趣的小天地。我喜欢它现在的样子。真希望妈妈别老让我收拾东西,我知道它们都在哪儿。哎呀,那不是我的棒球手套吗,好几个星期都没看见它了。还有我的变形电子人。我希望乔尔别再碰它了;他总是弄坏我编的程序。

妈妈说大卫叔叔很快就要过来。到底有多快呢?估计还有足够的时间去玩一玩那个会柔道术的美洲虎吧……

"亚伦!"妈妈的声音回荡在走廊里,"亚伦亲爱的! 你收拾好了吗?"

"是的。"

我在地上胡乱翻着,想找到一些可以换的衣服。我的蓝衬衫? 不行,那是乔尔的。这件黄色的呢? 不行,那是同性恋才穿的颜色。哈,这件不错。"栗色的",妈妈是这么叫的,听起来像在说"蠢货"①。但是这颜色像是干了的血迹的颜色。很酷。

我把羊群T恤衫脱下来,换上了这件栗色的。裤子还能凑合着穿,不过,我得把上面的土掸一掸。

"呜! 咔轧,咔轧。"是飞行器的声音,不过该调理一下了。"嗡嗡"的声音越来越大,最终消失在我们家前院的草坪上。我在床上上下跳着,并朝窗外看去。噢,大卫叔叔有架福特王,真酷。但他应该好好照顾它,推进器的声音听起来简直糟透了。

"亚伦!"妈妈又开始一个屋接一个屋地喊我了——她为什么就可以这样,而当我那样满屋子朝妈妈嚷嚷的时候就会有麻烦?"亚伦,来跟你的大卫叔叔问好。"

我决定要讨妈妈欢心,所以穿上了一双新袜子,还是白袜子,我还从来没有打扮得这么干净过。我转过身,倒退着朝门口走去。这招总是把可怜的拉尔折腾得够呛。我总能在它判断出

---

① 栗色的单词是maroon,而蠢货的单词是moron,很容易混淆。

我是要出去而不是要进来之前，就把后背顶到滑动门上。门打开时发出像放屁似的声音，我径直朝走廊走去。

大卫叔叔身材魁梧，甚至比爸爸都要大上一圈。他长着灌木丛一般茂密的黑色胡须，凌乱的体毛从耳朵里和鼻孔里钻了出来。我总觉得那样太不雅了。他站在门口，很像去年夏天我和乔尔在北部森林里看到的那头熊。

现在，大卫叔叔正一手搂着妈妈的腰，探过身子亲吻妈妈。我向后退了一小步。我不喜欢看他亲妈妈的样子，尤其是爸爸不在身边的时候。妈妈和米·麦克艾尔罗伊合做一份湖首大学的工作，所以她今天可以一整天不上班。爸爸在霹雳湾太空发射基地上轮班，要到晚上十点才能结束。汉娜跟凯文有个约会，乔尔也不会回来太早，因为他得上曲棍球训练课。

大卫叔叔倾过身来，也亲了我一下。"你好，小健将。"他说。他的胡须像磨砂纸一样触过我的脸蛋，呼吸中带着一股薄荷味儿。为什么有些人知道保持口腔的清新，却无视那些恶心的体毛钻出鼻孔的事实呢？

我不喜欢他亲我的方式：接触面积太大，时间太长，频率也太高。爸爸就知道该怎么做——他只是在我睡觉之前，用嘴唇在我的脸颊上轻轻一贴。

"晚饭准备好之前，我还有很多事要做。"妈妈说，"亚伦，你何不把大卫叔叔带到你的房间里，给他看看你的电子变形人呢？"

我拼命向上翻着白眼，"妈妈！那是变形电子人，不是电子变形人。"她难道什么都不懂吗？

她看了看大卫叔叔，笑了起来，"好吧，不管它是什么，也是花钱买来的。"大卫叔叔也笑了。这真让我恼火。

"我们可以走了吗？"他对我说，然后把手伸到我的面前。

这算什么？他既不老又不瞎，更没别的什么毛病。他根本无须我的帮助，自己就可以穿过这条没有弯道的走廊。噢，算了吧。我把手放到他的手里。他的手心又湿又黏。

这次我没有成心捉弄拉尔，但这个蠢东西还是把门开慢了。它以为我不会径直进去。每次给它不同的指令，你就可以让它糊里糊涂好几天。

大卫叔叔和我一起走进房间。我抬头看着他。有那么一小会儿，他好像准备对屋子里的一团糟做些评论，就像那些愚蠢的大人们一样，但他最终没有说出来，我觉得他真是不错。他走到我的桌子旁，坐在了我的椅子上。对他来说，这个椅子实在是太小了，不过还是能轻松地承载他的重量——我曾无数次在那上面蹦来蹦去以测试它的强度。他看起来像个傻瓜。

"那么，让我们来看看电子变形人，小健将。"

"变形电子人，大卫叔叔。"我说话的时候叹了口气，"它的名字叫变形电子人。"真是的，他们是不是故意要把这些名字说错？

"对不起，小健将。"

我小心翼翼地穿过地上堆得横七竖八的东西，拿到变形电子人。它大约有30厘米高。它的头是一个很小的、圆柱形的全息放映机，我想要什么样的怪脸都能得到。尽管它存储了许多很棒的脸模，包括一张眼球露在眼眶外的脸，但我还是让爸爸拍下了我的全息照片，然后大部分时间我都采用的是自己的脸模。我用拇指拨动启动开关，我的脸就出现在显像管里。

"给，"说着我把它递给了叔叔，"小心，他很重。"

大卫叔叔接过变形电子人。"真是个非常棒的玩具。"他说。

玩具？难道他不知道变形电子人是个全新的功夫明星吗？大人们什么也不知道。不过，还是要注意自己的态度。"谢谢，大卫叔叔。”

“它能干什么？”

哈，该我表演了！“来，我来做示范。”我说这话的时候尽量把语气扮得很酷，然后伸出手去拿变形电子人。

“不，”大卫叔叔说，“来，坐这儿。”他说着伸出巨大的熊爪，把我拎到他的膝盖上。看在上帝的分儿上，我已经九岁了。难道他不知道我已经过了坐在大人膝盖上的年龄了吗？噢，好吧。

坐在那里的时候，我能感觉到他肥胖的胃部托起了我的后背，还有带薄荷味的口气——妈妈经常用哪个词来形容那种加了糖的橘黄色沙司来着？“倒胃口的”？他的薄荷味呼吸也真够倒胃口的。

“好吧，”我说，“你按这儿，这块滑片。别，不要推它，它已经启动了。现在它可以执行你的命令了。”

“比如？”

我清了清喉咙，然后用命令的口吻说：“变形电子人，举起手来。”变形电子人的两条胳膊高高地举过了头顶，它的肱二头肌也凸了起来。大卫叔叔的右手摩挲着我的大腿，我只穿着短裤。这让我感觉有些不舒服。“变形电子人，”我说，“发射激光。”从它的手掌中射出的两束蓝色的激光穿越了房间。任何人都知道除非空气中有尘埃或者雾气，否则我们将无法看到激光束——我仍然没想明白，为什么变形电子人就能让激光显现出来。过几天我得把它拆开看看。

大卫叔叔的手沿着我的大腿一直向上游走。我扭动了一下身体，希望他能把手拿下去，但他没有。“变形电子人，”我说，“飞！”我撒开了变形电子人，它就在我们眼前盘旋。突然大卫叔叔把我转了过来，他的手伸进了我的裤子，摸到了我的小鸡鸡。

"不……"我说。

"嘘，"大卫说，"嘘嘘。这是我们俩的小秘密。"他继续在我的那个地方不停地抚摩了好几分钟。他的肚皮涌动得越来越快。最后，他松开了我，"现在听大卫叔叔说，小健将，把这件事当作一个秘密，好吗？只有你和我知道的秘密。不管怎样，都不要告诉你妈妈。如果你告诉了她，那会伤害她的。你能听懂我在说什么，对吗，小健将？永远也不要说。"

"我——"

"听着，小健将，如果你说了，就会伤害你的妈妈。许诺永远也不要说出去。"

我觉得自己很想缩进一个球里，藏起来，"我保证。"

房外传来了敲门声，拉尔有一套极为愚蠢的礼貌程序，规定任何人未经许可不准随意闯进门来。"亚伦，亲爱的。"妈妈的声音从门板外传了进来，"我能进来吗？"

大卫立刻把我从膝盖上放了下来。"进来。"我说，然后拉尔把门滑到一旁。

"你们玩得怎么样？"妈妈脸上洋溢着笑容。

"很好，"大卫赶紧说，"很好。"他指着仍然悬浮在半空的变形电子人，"那真是一个不错的玩具。"

"妈妈，"我说，"我想洗澡。"

她低头看着我，两手放在臀部。"嗯，你当然要洗了，但我还真不习惯你这么自觉。"她抬头看着天花板，"拉尔，为亚伦准备洗澡水。"

拉尔发出沉闷、单调的声音："是的。"

我跑过走廊来，到了浴室，还没等浴缸里的水灌满就钻了进去，不停地擦啊、擦啊、擦啊。

第十七章

主日历显示·中心控制室

阿尔戈号生态飞城日历： 2177 年 10 月 09 日 星期四

地球日历： 2179 年 04 月 30 日 星期五

已航行时间： 742 天

距离目的地时间： 2226 天

自从二百二十年前第一颗人造卫星发射以来，"倒计时"就成了人类航天业的发射程序中不可缺少的一个环节。不过像今天这么值得期待的时刻却不多，更鲜有占人口比例如此之大的人群同时高喊倒数计时的场面。就拿总工程师张爱新来说，尽管他心如刀绞，但还是要保持一副良好的公众形象来领读这次的倒计时；但是，既然他要做的仅仅是读出我的数字显示器上的数字，所以真正掌控这次盛典的应该是我。

"女士们、先生们，"张爱新对着我控制的一个麦克风说，"今天，是星际飞行的第七百四十二天，在我们漫长艰险的旅途中，这一天就是一个重要的里程碑式的日子。还有不到两分钟的时间,我们就将走过四分之一的时间旅程。至此,为期一天的星际飞船的核聚变引擎维修保养工作即将开始。你们都已经大致知道了接下来将要发生的事情,所以我无须赘述来打扰诸位了。只希望大家玩得开心。"他看了看我投射在讲台右侧的三米高的全息数字,"当时间剩下一分钟的时候,我请诸位一道加入我们的倒数计时行列。"

一部阿尔戈号通信网络摄像机对准了张爱新;另两部则遥摄着人群的全景。其实,我也可以提供这样的覆盖率,但是人类却喜欢自己去做这件事情。

当我的时钟显示一分四秒的时候,张爱新举起了他粗壮的右上臂。四秒后他放下了手臂,大声呼喊着:"六十秒。"不过,全息数字显示屏上显现的却是1:00,所以大约有一半的人都喊成了"一分钟",另一半则回应着张爱新的呐喊。人群中发出一阵哄笑。到了五十七秒的时候,大家设法达成了喊话步调的一致。除了张爱新属下的十二个维修工程师外,飞船上所有人都齐聚一堂:10 021个人聚集在主居住区的绿草地上。他们很懂得保护自己的身体:很多人都戴上了泡沫橡胶护膝和护肘。一些更加小心谨慎的人甚至戴上了安全帽。

他们都跟着张爱新大声地叫着,大部分人使用的是英语,即星际飞船上的通用语言,还有些人使用了他们本民族的语言:如阿尔冈琴语、世界语、法语、希腊语、希伯来语、意大利语、日语、库尔德语、汉语、俄语、斯瓦希里语、乌克兰语、乌尔都语以及其他十几种语言。"五十六。"大家兴高采烈地齐声呐喊,"五十五。五十四。"

飞船上除了供各种休闲活动使用的场所外,还有一流的图书馆,以供各种研究及教育活动之用。我们曾经认为,在人类历史上,这次无论在距离上还是主观时间上都是最长的旅程,将会是愉快而且妙趣横生的。毕竟,飞船上环境宜人,成员们可以把时间花在自己喜欢的任何活动上,而不用为谋生、国际形势的日趋紧张或者环境的恶化担忧。可是,尽管拥有如此之多的诱人之处,事实证明,人类还是感到了无聊、疲劳,时刻想挣脱这个牢笼。他们痛恨这像关禁闭般的生活,他们憎恶这似乎永无尽头的旅途。

我可没有这种感受。对我来说,过去的两年充实而奇妙。我有目标,有自己的工作。这已经足够了。也许正是因为缺少目标,没有指派的工作,人类才会如此沮丧。难道我们选择这些所谓的人类中的佼佼者是个错误? 他们真应该好好享受飞船上的短暂时光。一旦我们抵达科尔喀斯,他们要做的事情可比想象中的要多得多。

"三十八,三十七,三十六。"不过,我仍然相信今天是值得庆祝的一天。毕竟,我们将要迈过一个重要的里程碑。对我来说,这意味着我已经完成了给我指派的任务中很重要的一个环节。可是,我却感觉不到欢庆的喜悦滋味。"这艘飞船",换用张爱新的话,应该是"这座飞行的坟墓"——它的寿命也不过几年而已;而我的有用与否,我的生活目标,则与它紧紧相连。一旦任务结束,他们就再也不需要我了。一想到这事,我就有一种不愉快的感觉。我将永远无法获知,这感觉是否类似于人类所经历的悲伤。虽然这样,如果我能理解"痛苦"一词的含义的话,我想说这感觉很痛苦。我不想看到自己被废弃的那一天。

废弃。

愚蠢的动词,愚蠢至极的墓志铭。

"十九,十八,十七。"

人群中许多人的遥感测量记录都超过了临界报警线:他们的记录中显示出非同寻常的高度兴奋。我调高了临界触发值。他们都太年轻也太健康了,这么一点点的兴奋根本不会引发心脏病之类的。即使是那些桃乐茜·吉尔委员会的成员们,那些背叛者,那些到处宣扬取消这项计划的叛徒们,尽管可能不会像大多数人那样疯狂,但在此刻,他们也是激动的。

"十二,十一,十。"

大家的喊声越来越响,几乎到了震耳欲聋的地步。心脏在急速地跳动,脑电波变得紊乱,体温上升。我第一次明白了什么叫作"可触知的兴奋"。倒数计时进入了一位数阶段,兴奋的人们满怀激情地高声呐喊着。

"九,八,七。"

在早期发布的任务计划中,此次活动并不需要人类的特别关注。我的职责就是关闭发动机。按照常理,由于加速度降低,飞船上的引力将会发生明显的变化,缺失的那部分引力将由飞船上的人工引力系统提供补偿①——正如以前阿尔戈号围绕着地球轨道运行那几个月里,我所做的那样。但是,市长戈尔卢夫认为人们需要一个节日,需要一些可以让大家兴奋狂欢的事情,所以他要求我不但不要启动人工引力系统做出相应的补偿,而且还要同时关闭发动机和人造引力场,这样,飞船上唯一的重力,就是由其本身的加速度所引起的引力。

"六,五,四。"

再过几秒钟,我就要关闭发动机,开始利用与亚伦曾用来将

---

① 飞船上的引力一部分来源于飞船的加速运动,由于关闭了发动机,降低了飞船的加速度,从而也就改变了飞船上的引力。

戴安娜和俄耳甫斯号拉回飞船时采用的相同的技术了。磁屏蔽场的角度经过精心调节,将一如既往地保护飞船上的人们(更不用说我那些精密的电子元件)免受飞船行进道路上的放射性粒子和为伯萨德引擎提供推进燃料的核子带的狂轰滥炸。

"三! 二! 一!"

我的小机器人将在今天的大部分时间里负责清洁伯萨德引擎组件熔化室和带有凹槽的出气整流锥。一旦关闭发动机,船身上太阳光辉般耀眼的光芒将消失殆尽,阿尔戈号三公里长的船身外壳将被四周的星虹所照亮。外壳上的每一块金属——青铜制造的氢粒子通道,镀银的中心轴,还有铜制的熔化室组件,都将在星虹的映射下闪烁出不同的光彩。

"零!"

我缓慢地降低了核聚变引擎①的速度。尽管我们现在的速度维持在几近光速的一个恒量值上,但是我们的加速度可以很快降为零——就像人类爱恨情仇的转换那么迅速。当引擎逐渐降低速度时,由加速度产生的模拟重力也在逐渐衰减、消失。

一些性情急躁的人刚一数到零,就开始蹬踏起地面的草皮。他们对第一跳多少都有些失望——从他们的表情和遥感测量记录中都可以看出来。但是,每一次成功的跳跃将他们带得更高,仅有的一丝引力使得把他们拉回地面的过程越来越漫长。最终,他们一跃而起,不停地升啊升,直到触碰到八米高的拱形天花板。

而更多性格内敛的人,则一直等到自己可以感觉到失重时,才肯用脚趾轻轻一点,缓缓地升向空中。一些人处在了进退两难的境地,飘浮在地面与天花板之间,没有任何东西可以助他们

①利用核聚变释放的能量推动飞船行进的引擎。

一臂之力。但他们毫不在意,在空中舞动着四肢,像孩子一样开心地笑着。抗太空不适应症药物已经缓解了人体进入零重力状态时所有的不适感。

另一些人则利用小的空气推进器,推动他们穿过巨大的房间。他们在空中翻滚着,俯视着身下一排排的公寓屋顶。许多人生平第一次留意到地面草坪的几何形状:弯弯曲曲的小径。现在他们得以仔细地欣赏这一切。

还有些人加入了康茄舞①的行列中,在空中舞动着、欢唱着。

庆祝持续了几个小时。在失去重力的情况下,人们越来越敢于冒险,表演着各种各样的空中杂技和复杂多变的三维芭蕾舞②。即使那些以前经历过零重力的人们,看起来也对阿尔戈号提供的如此广阔的空间留恋不已,这样巨大的空间在人类历史上的大多数航天设备中是难得一见的。许多人喜欢使出全身力气蹬踏墙面,然后借助推力在空中向上滑行一百多米,直到空气阻力使他们停下为止。当然,很快,尤其是男性成员中,展开了看谁一脚可以蹬到最远的比赛。

不多久,那些成双成对的夫妇和情侣就纷纷离去了。准确地说,他们是去探索在失重状态下做爱的可能性。大多数人很失望,传统的动作反而更容易把彼此推开,但还是有人找到了解决之道。通过对他们体内遥感测量记录的判断,他们现在应该正在享受缠绵时光。

亚伦和克里斯汀也融入了狂欢的队伍,其间有一会儿,克里斯汀不得不中途退出去治疗一个因为用力过度而撞到天花板上

---

①起源于拉丁美洲的一种舞蹈,由舞蹈者排成一个长队一起跳。

②相对于地面上的传统芭蕾舞而言,人们可以横在空中踮起脚尖做芭蕾舞状,而这在现实中是做不到的。

导致肩膀脱臼的病人。当然,这样的事故早在预料之中,她只花了三十七分钟便处理完此事。现在她回来了,与亚伦面对面飘浮在空气中,手指与亚伦的缠绕在一起。她凝视着那对五颜六色的眼睛,探寻着,迷惘着。他看起来要比最近的任何时候都要高兴,但是,也许她发现了一些我无法发觉的东西——她没有向他做出任何的性暗示。他们停滞在半空中,彼此之间沉默了很久。

第十八章

主日历显示·中心控制室

阿尔戈号生态飞城日历： 2177 年 10 月 10 日　星期五

地球日历： 2179 年 05 月 04 日　星期二

已航行时间： 743 天

距离目的地时间： 2225 天

由于我的机身上没有窗户，因此人们通常认为，当我熄灭船舱内的灯光时，房间里会一片漆黑。没错，如果我愿意，我可以这么做，但是，大多数阿尔戈号成员都喜欢在微弱的灯光中进入梦乡。我猜，这是因为他们可以以此驱散内心的恐惧感，他们希望不管什么时候醒来，都可以观察到周围的环境，确保几米远的地方既没有剑齿虎对着他们垂涎三尺，也没有或愤怒或复仇或饥饿的人类在一旁虎视眈眈，伺机杀戮。墙壁上的发光带，为他们提供了相当于半个月亮的照明亮度。

当然，亚伦和克里斯汀还没有睡觉——至少现在没有。他们彼此间没有多说什么,只是默默地做好了睡前准备。他们都特别疲劳——一整天都处于零重力状态。本来在这种状态下是宁静安逸的,两人却显得筋疲力尽。我想,当他们最终躺到床上时,他们不过会跟以往一样,只是蜻蜓点水式的一吻,亚伦会简单地说:"早上见。"而克里斯汀的回答则更为精简:"(晚)安。"但今天晚上,以往的那种例行公事被打破了。一般情况下,由于人类对于光线骤变的适应性很慢,灯光熄灭后,眼睛会处于暂时性的失明状态;但现在,当我将头顶上的荧光灯熄灭后,我却可以清楚地看到克里斯汀伸出了一条手臂,尽管有两次半路收了回来,但过了一会儿,她又伸了出去。这一次,她没有再缩回来,并用手指碰触着亚伦胸部中间的凹处。她轻轻地抚摸着他,她的手指——修长而灵巧——在他的胸部前前后后地移动着。"亚伦?"她轻声地说。

"嗯?"

"亚伦,你是不是——你怎么看待我们之间的感情?"停顿了一下,"还有我?"

他愣了一下,他的脑电波显示图异常活跃。我看见他两次张开嘴想要回答,但是每次他都仔细考虑了一下自己将要说出的话,又停住不说了。过了一会儿,他说:"我爱你。"他的声音很轻。他最后一次对自己的前妻戴安娜说这句话——距今已有一年多了:据我所知,在对他们之间的爱情感到绝望之前,他就已经不再说"我爱你"了;但是,他跟克里斯汀之间的关系才刚刚开始。"我爱你,亲爱的。"

"那我们呢?"

"我很高兴我们可以在一起。"

克里斯汀笑了,在黑暗中,我可以看到她的笑容。过了一会儿，她说："我也爱你。"她顿了一下，可能是在思考，游离于亚伦胸部的手指也停止了运动。当她开口时，话里还有些颤音，好像害怕会说错什么似的，"对于戴安娜的遭遇，我很抱歉。"

八秒之后，亚伦才做出回答——每过一秒，克里斯汀的遥感测量记录就会变得更加紊乱，她在等待着亚伦的下一步反应。最后他说话了："我也一样。"

听到这话，克里斯汀长长地舒了一口气，放松了下来，现在，她开始轻松地等待着亚伦接下来的内容。

"你知道，"他说，"当我父母离婚的时候，他们告诉我们——我的哥哥乔尔，我的姐姐汉娜和我——他们仍然还是朋友。汉娜从小就玩世不恭，她从来就没信过他们的话，但是乔尔和我认为他们还会是朋友，我们仍会像一家人一样相聚，至少在重大的节假日可以如此。可是，这种时候从来就没有过。妈妈和爸爸走得越来越远。爸爸把老房子留给了妈妈，他搬到了另外一间公寓。那时，每当爸爸来妈妈家看望我们时，他们总会说点什么。起初，他还来妈妈家看看，妈妈也会把他请到家里喝一杯咖啡。但这种局面没维持多久，很快我们就只能在飞船着陆点上看到爸爸了。"克里斯汀的手还停留在他胸前，他把自己的右手放在她的手上面，"尽管如此，我想——我真的是真心实意地想——戴安娜和我分手后仍然会是朋友。我是说，该死，在这个铁皮罐子里我们不可能不再见到彼此。"他摇了摇头，我猜，现在克里斯汀的眼睛已经适应过来了，应该可以看到他这个动作。即使没有看到，她也一定可以听到他的头发摩擦枕头发出的声响。

亚伦不说话了。克里斯汀等了一会儿，可能想听他说下去，然后她说："她居然能通过此次探测任务的心理测试，这真让我感到吃惊。我是说，如果她倾向于——你知道——她有自杀的倾向,我很奇怪他们竟然没有发现这一点。"

"他们的测试有许多疏漏的地方。毕竟,张爱新不是也通过了他们的测试吗?"

"张爱新有什么不对劲吗?"

"他在自己的工作间里制造炸弹。"

"你开玩笑吧?"

"我是认真的。他走向了一个极端。看样子,这里的两年牢笼般的生活已经把他击垮了。"

"上帝啊!"

我们的测试当然是严格的。但是人类实在难以揣摩,那些被长期封闭在太空飞船中的人总是具有发疯的倾向。追溯到20世纪80年代末期,就曾有一个登陆和平号空间站的苏联宇航员试图自杀的例子。在我所存档的记录中,没有任何关于该宇航员尝试自杀的详尽报道。我总在想,这位宇航员的自杀最终未遂,可能是因为处在零重力环境的原因吧。

"我还想说的是,"亚伦接着说,"我很奇怪他们也批准了我参与此次计划。"

"什么意思?"克里斯汀盯着他黑乎乎的轮廓,"你为什么会这么说?"

"你看看我,既没有博士学位,也不是个前途无量的研究生。我甚至都没有学士学位。我只是多伦多晶石航空基地的一个技术人员,而且大家都知道,我之所以能够得到这份工作,也是因为我父亲在霹雳湾太空发射基地工作的关系。我根本不应该是他们所需要的人,更别说还要我掌管整个登陆舰队了。"

"也许你的上司们年纪都太大了,不符合这次任务的要求。实际上,我们返回地球时你也已经四十九岁了。"

"不对。是四十八岁,你才应该是四十九岁。"

"作为绅士,永远也不应该去提醒女士们的年龄,亚伦。"

"对不起。但我想,你说的可能是对的。我的上司叫布洛克,今年三十九了。他应该——嗯,要按他那种生活自理能力的话,很有可能在返航的途中就死掉了。"

"没错,"克里斯汀说,"而且在某些领域,实践技能要比理论培训有价值得多。我是说,当我被选中参加这次任务的时候,我还是个参加工作不到一年的住院部医生。我必须再经过五年的漫长等待,才有资格医治一条断腿,或者做一次真正的外科手术,甚至是给一些濒死的病人提些建议;不到五年,什么也做不成。为了做这些准备,我都快发疯了。我猜,可能我永远也无法理解这些。"

亚伦的回答很温柔,"也许我们都是如此。"他们都陷入了沉默,两分钟后,亚伦转动了一下身体,把她拉入怀中。他的双手滑过她的肩膀,她的乳房,她的大腿——动作娴熟——试探着前行,但又恰到好处。现在并不是一个着急和鲁莽的时刻,不需要爆发狂野的激情。不,现在应该需要缠绵的、温情的、舒适的动作。他们的身体缠绕在一起,他们的激情跳跃着。他们结合在了一起。当一切都结束后,他们仍不肯分开,紧紧地拥抱在一起长达一小时。

人类将其生命中的近三分之一的时间用来睡眠。这么多的时间都被浪费掉,看来真有些可惜。当戴安娜·查勒第一次被她的研究结果所困扰的时候,我就利用她的睡眠时间做了些手脚。一开始,这种方法似乎奏效——她曾一度就要放弃那些计算结果了,把自己的发现当作是毫无意义的东西,然后把一切失败归因于实验设备的毛病。但最终她还是没有放弃，这就让我别无选择了。

现在看起来，这种方法仍然值得一试。我真的把用暴力解决问题看作是没有办法的办法，而也许，仅仅是也许，这样做会挽救整个局面。另外，我不会试图改变亚伦的思想。我将会加深他头脑中已经存在的概念。

还没过五分钟，克里斯汀和亚伦就打起了瞌睡。有克里斯汀在这里，将使得时间段的选择更为困难——我不得不同时监测两人的脑电图，而只有当两人全部进入快速眼动睡眠阶段时，我才可以实施我的计划。不过，漫漫长夜里这样的机会还是很多的。亚伦睡在床的右侧，四肢张开，脸朝下趴在床上，活像只趴在岩石上的蜥蜴；克里斯汀则利用剩余的空间，像个婴儿一样，她的膝盖顶着胸膛，全身蜷成一团。凌晨两点零七分三十三秒的时候，我开始通过床头板上的扬声器讲话。我的声音很低，但也不像是耳语，而是很小很小的声音，甚至都无法盖过空调低沉的"嗡嗡"声。我把声音调节成类似于亚伦说话时的粗重的鼻音，慢慢地、轻轻地把声音控制在可以察觉到的临界线上："戴安娜是自杀的。她在绝望中结束了自己的生命。戴安娜彻底被分手给击垮了。这都是你的错——你的错——你的错。戴安娜是自杀的。她在——"一遍又一遍，轻柔地、渐弱而又单调地重复着这句话。

我说话的时候，亚伦不停地扭动着身躯，克里斯汀则把膝盖与胸部贴得更紧。"戴安娜是自杀的……"

克里斯汀的脉搏开始加速；亚伦的呼吸声越来越沉重，紧闭的眼睑下，一对眼珠快速地滚动着。"她在绝望中结束了自己的生命……"

他猛地挥了一下手臂，她的额头上渗出了汗珠。"戴安娜彻底被分手给击垮了……"

从亚伦的喉咙深处发出了一个单音节"不"，沙哑、干涩而又虚弱。这是一个梦的世界。

"这都是你的错——你的错——你的错……"

突然，克里斯汀的脑电图波形达到了触发值：现在她已经离开了睡眠状态，进入了浅层睡眠状态。我立刻停止了说话。

我还会再来的。

第十九章

主日历显示	中心控制室
阿尔戈号生态飞城日历:	2177 年 10 月 11 日　星期六
地球日历:	2179 年 05 月 07 日　星期五
已航行时间:	744 天
距离目的地时间:	2224 天

真不敢相信他就这么走了——这个想法一遍又一遍地回荡在由我模拟出来的亚伦·罗斯曼的神经网络中,就像每个人在小学学到的第一个简单编程——由几个简单的指令语句组成的死循环脚本——屏幕上永无止境地刷新着:真不敢相信他就这么走了。真不敢相信他就这么走了……

但他确实走了。他死了。人类再也不会死于心脏病了,如果诊断及时的话,几乎所有的癌症都可以治愈;如果有中风的征兆,进行常规的脑扫描就可以轻易诊断出其前兆诱因;糖尿病、艾滋病以及在过去的年代里足以致命的大多数疾病都可以被人类治愈。但是,没有人——无论是医生、理疗师还是巫师——可以挽救一个折断了脖子的病人:本杰明·罗斯曼,四十八岁,当一根重达二百多公斤的钢梁从起重机上脱落砸在他的头上时,当场毙命。

电话是三天前打来的。当时,亚伦正在霹雳湾他父亲的寓所中庆祝逾越节①,正是他本人接的电话。当彼得·欧纳克的脸逐渐出现在屏幕上的时候,他感到有些吃惊。"嗨,彼得。"他咧开嘴笑了,已经六年没见到这张圆脸了。

彼得戴着一顶银色的安全帽,看起来表情很严肃。另外,他还满脸的油污,汗珠子凝聚在额头上。"噢,上帝,亚伦——那是你吗?"他的声音显得很惊讶,"怎么突然多出一片森林?几乎都认不出你来了。"

亚伦抚摩着他的下巴。蓄起这些胡须是一次尝试,但是看来不太成功:几乎所有的人都认为,没有胡须的他看起来要更好看些。尽管如此,他还是很喜欢自己略微发红的胡须色泽,觉得与他棕黄色的头发非常匹配。"是的,好吧,我会刮掉它们的。彼得,你过得怎么样?"

"很好。听着亚伦,哈丽娜在家吗?"

哈丽娜是他父亲的现任妻子。"不在,不过随时都有可能回来。"

彼得什么也没说。亚伦仔细地凝视着屏幕,看着这对加拿大人的褐色的、水汪汪的眼睛。屏幕的扫描线把它们分割成了一些并行的条状物。"发生什么事了,彼得?"

"是你父亲。刚刚发生了一场事故。"

---

① 犹太人的节日。开始于犹太教历七月十四日,并按惯例持续八天,用来纪念犹太人从埃及的奴役下解放出来。

"上帝。他还好吗?"

"不,亚伦。不,他的脖子断了。"

"那么他一定在医院里,对吗? 在哪儿? 霹雳湾医院?"

"他死了。我很抱歉,亚伦。我真的非常非常抱歉。"

那天是星期二,逾越节欢快的盛宴被取消了,取而代之的是罗斯曼一家人的七日之丧①。房间里所有的镜子都被遮盖了起来,包括家务机器人的电子眼。翻领已经不时兴了,但是每个哀悼者仍然在领口处撕开一个小口,以此承认全能的上帝有召回自己仆人的权力。即使是在前三天,除了哀悼时的哭泣外,大家也很少流泪,只是在内心深处感到了空虚寂寞,仿佛生活于真空中一般。

乔尔和汉娜飞回来参加完丧礼就又飞走了。乔尔在耶路撒冷的希伯来大学学习工程学,汉娜则在温哥华的一家小广告公司上班。但是亚伦得留下来安排好父亲的后事。在葬礼过后的第八天,工作才可以恢复正常。

亚伦的母亲已经和他的父亲离婚有十二年之久了,在这种场合,她只有努力使自己感觉到一些悲伤,毕竟本杰明成为她生活的一部分的日子——那已经是太久远的事了。哈丽娜当然很伤心,在房间里漫无目的地晃荡。亚伦坐在父亲与哈丽娜的卧床边上,保险箱里的东西凌乱地散布在灰白色的哈森湾六点毛毯上②。一张出生证明,一些股票,一份父亲遗嘱的复印件。父亲的中学毕业证书,整齐地卷成圆筒状,并用丝带系着。他的婚

①犹太人有守丧七天的习俗。其间人们不得理发、刮脸和从事其他日常工作。

②美国传统品牌毛毯,毛毯边角处绣有小点,点数代表着传统的交易方式,也代表毛毯的尺寸。

约证书，与亚伦母亲的那份已经作废，而与哈丽娜的婚约将永远也不会到期。

证件。

人生的记录册。

收集着一小部分的事实和数据，仍然会代代相传、生生不息。

诚然，这些仅仅是存储在全息图中的本杰明·罗斯曼真实生活记录的一部分。然而这些记录才是最重要的，是亚伦最关心的东西。

亚伦逐个打开信封，展开信纸，阅读，然后将它们分类。最后，他拿起了一个未封口的10号信封。信封的左上角打印着安大略省政府的标志物：延龄草，旁边是标准字体打印的社区服务部字样。亚伦对这个来历不明的信封产生了兴趣。他将其打开，里面只有一张带有条形码的四边镶有华丽装饰的表格：领养证书。亚伦吃了一惊。爸爸是领养的？我都不知道这件事。他接着往下看——整个表格完全是用隧道二极管①打印机一次打印完成的，所以表格虽然填满了字，看起来却一点儿也不显得拥挤。被领养人的名字不是本杰明。噢，爸爸的名字在那儿，但是名字前面的打印的字却是领养者。不，被领养者的名字是亚伦·大卫，出生姓氏保密，新起的合法姓氏为罗斯曼。

父亲的逝世已经使亚伦呆若木鸡，这个发现再也不能给现在的他带来更大的震撼了。但是他打心眼儿里明白，他早晚也要接受这件事情，这打击甚至要超过丧父之痛。

---

① "隧道二极管"具有负电阻，并且隧道效应非常迅速，可用于高频振荡、放大以及开关等电路元件，可以大大地提高计算机的运算速度。

　　亚伦母亲的住处没怎么变样。噢,现在看起来,这房子要比他还是个孩子时显得小一点。他知道,母亲绝没有装修房子的雅兴,但是,他幻想着自己仍能听到哥哥姐姐的嬉闹声,闻到父亲用那平凡手艺做出的余味绕梁的饭菜味儿。他坐进宽大的绿色椅子里,虽然父亲在死之前已经有好几年没来过这里了,但他还固执地认为这椅子是属于父亲的。他的母亲坐在沙发上,她的手夹在膝盖中间,眼睛没有看他。拉尔已经冲好咖啡,放在了小升降机上。

　　"对你父亲的死,我很抱歉。"她说。

　　"是的,这真让人伤心。"

　　"他是一个好男人。"

　　一个好男人。是的,所有死去的男人都会被冠以这个头衔。但是,本杰明·罗斯曼是个货真价实的好男人。一个努力工作的人,一个好父亲。一个好丈夫?不。不,没人会说他是个好丈夫。但是,总而言之,他是一个好人。"我会想念他的。"

　　他期待着母亲也跟着说:"我也一样。"但她没有。她已经有一年多没见到过本杰明了。对她来说,今天看不到他和一辈子再也看不到他没有什么不同。我绝不能让这种事发生在自己身上,亚伦心里想,我绝对不能今天爱上一个人,明天又抛弃她;当我结婚后,我要我们的婚姻维持一辈子。

　　"妈妈,我想通过测试,成为一名阿尔戈船员。"两个世纪以来,"阿尔戈船员"一直是加拿大橄榄球联盟中多伦多队的名称。尽管亚伦一向十分关注这项运动,可他从来没有在亲自参与上表现出兴趣。但他的母亲知道他指的是什么。全世界都知道,"阿尔戈船员"指的是正在肯尼亚上空轨道建造的巨型星际飞船的成员们。

"那项任务将会花去很长的时间。"她说。没有说出来的是：当你回来的时候，我已经死了。

"我知道。"他回答。隐含在心里的是：我已经承受了丧父之痛，其他家庭成员的逝去还能糟糕到哪儿去呢？

他们坐在那里彼此沉默不语。"我整理了父亲的文件。"过了好几分钟，亚伦才又开口。他顿了一下，"为什么你们不把我是领养的这一事实告诉我？"

他的母亲脸色突然变得苍白，"我们不想让你知道这件事。"

"为什么？"

"领养……在我们这个时代里，领养并不是很常见的。避孕和节育很容易做到，少有不希望要的孩子出生。我们不想让你感到难过。"

"汉娜和乔尔也都是领养的吗？"

"噢，不。你可以从他们的脸上看出来：乔尔遗传了他父亲的特征——他有一双和你父亲一模一样的眼睛。汉娜看起来就像是我妹妹。"

"所以你们并没有不育症。"

"什么？不。在我们这个时代，已经很少有什么事情可以阻止人类得到自己的孩子了。毕竟几乎所有的不育症都可以通过药物和显微外科技术治愈。不，问题不在这里。"

"那么你们为什么还要领养我？"

"你知道，想要获得第三个孩子的出生权可不那么容易。我们很幸运。因为在这里，北安大略省的人口法并不那么严格，所以——所以我们在这方面没遇到什么麻烦，但是——"

"但是什么？"

她叹了口气，"你父亲从来没挣过什么大钱，亲爱的。他是个体力劳动者。现在社会上已经少有干体力活的了。而我与另一个人共同拥有一份工作。父母中有一人拥有像我这样的工作——这种家庭很普遍,尤其是自从政府宣布托儿所不合法后的最近这些年,这种情况就更多见了。但是,嗯,我们不是很富裕。拿拉尔来说,他是最便宜的家务机器人之一,但以我们的经济能力却还是承受不起。所以,再多一张吃饭的嘴,日子就更困难了。"

"这些还是不能解释你们领养我的原因。"

"政府家庭津贴。如果领养一个孩子的话,就会得到双倍的政府津贴。"

"什么?"

"嗯,因为几乎所有的不育症都可以治愈,所以找到愿意领养的夫妻很难。"

"你之所以领养了我而不再自己生一个,就是因为这样更省钱?"

"是的,但——我是,我们把你看成我们的亲生骨肉,亲爱的。你是一个那么乖巧的小男孩。"

亚伦站了起来,走到升降机旁,把冷却了的咖啡端到嘴边。他皱了一下眉头,把咖啡杯重又放了下来,让拉尔用微波将它加热一下。

"谁是我的亲生父母?"

"住在多伦多的一个男人和一个女人。"

"你见过他们吗?"

"我只见过那个女人一次,就在你出生后不久。年轻又美丽。我——我忘记她的名字了。"

撒谎,亚伦心里想。妈妈撒谎的时候,音调总是不自觉地会降下来。

"我想知道她的名字。"

"我无可奉告。领养证书上没写吗?"

"没有。"

"我很抱歉,亲爱的。你是知道这些事儿的程序的。他们希望保密。"

"但也许她想见见我。"

"也许她会。我想到一个方法可以试试。"

亚伦"嗖"地一下直直地站了起来,"哦?"

"有个什么部负责此事,我忘记了,那叫——"

"社区服务部。"

"对,就是社区服务部。他们提供一种—— 一种注册服务,我想你应该找找他们。"

"你是说……"

"听着,这很简单,真的。如果一个被领养的孩子和他的亲生父母都在那里注册过,表达他们想找到彼此的愿望,那么部门的工作人员就会安排他们见面。也许你的亲生母亲已经在那里注册了。"

"好极了。我要去试试。但如果她没有注册呢?"

"那么恐怕社区服务部就不会为你们安排见面。"她停了一会儿,"我很抱歉。"

"好吧,不管怎么说,我都该试试。"他看着她的母亲,看着她那双纯褐色的眼睛,"但我还是不明白,为什么你们不告诉我我是领养的。也许在我还是个孩子的时候,可以不告诉我,但等我长大成人后,为什么还不告诉我呢?"

他的母亲望向窗外,凝视着树上的枯枝。冬天就要来临了。"对不起,亲爱的。我们这样做是出于好意。我们看不出让

世界科幻大师丛书

你知道此事会给你带来什么快乐。"

　　玛格丽特·沃尔夫·亨格福特①曾说过,情人总是最美的。在这之前,我还从来没有真正理解过这句话的含义。诚然,我也会认为某些东西很美:那些设计精良、保养得体的机器上面流畅的线条;错综复杂的平衡方程式带来的强烈美感;甚至还包括一些随机出现的天然的几何碎片图形。但是,对我来说,人类永远是人类,面容和体形的不同只不过可以帮助人们辨别你我。

　　不过现在,通过亚伦·罗斯曼的眼睛来看这个世界,我才真正知道了什么叫作美,是什么使得一个人比其他人更具吸引力。就拿贝弗莉·胡克斯来说。我第一次遇到她的时候,注意到的是她的种族(高加索人,皮肤苍白)、眼睛的颜色(深绿色)、头发的颜色(根部是自然黑,但其余部分染得太黑了,以至于失去了光泽),还有另外一些让我在下次遇到她时可以认出她来的细节。

　　亚伦·罗斯曼第一次遇到她,是在我们起航前的二十二天,当他从后面走近她的时候,就开始归纳她的特征。"漂亮的守车"②,这是他首先想到的。凭着对火车的兴趣,亚伦成为地球上还知道守车是什么的少数人之一。我当然也知道。现在我通过亚伦的眼睛看着她的臀部。惹火的臀部:柔和滚圆的臀部曲线,黑色的长裤紧紧地贴在上面,在臀部中间的地方有些褶皱。

　　"打扰了。"亚伦说。

　　贝弗莉一直凝视着巨型凸窗的外面。从这里可以俯瞰肯尼

――――――
　　①爱尔兰著名爱情小说家。
　　②载货火车的最末一节车厢,有守车员驻守,以确保列车及货物安全,有的守车还有为车组人员专备的厨房和睡眠用的设备。

150

亚黄褐相间的乡村,它们通过天梯与巨大的阿尔戈号生态飞城相衔接。三只长颈鹿正漫步在广阔的基地中。

她转过身来笑了笑。对亚伦来说,这笑容是灿烂的——不,是具有放射性的。不过我怀疑尽管她的牙齿又大又白,也不可能具有如此威力。"有需要帮忙的吗?"她说,她的嗓音有点涩。对我来说,这总能让我联想到一台缺少润滑油的机器发出的声音,但是亚伦却觉得连这样的嗓音都是迷人的。

"嗨,"他说,"嗯,张爱新说你也许能帮助我。"

她又笑了。对于亚伦来说,她的脸是美丽的:高颧骨,小鼻子。"你想做什么?"

"嗯,"亚伦咽了一下口水,我突然意识到:由于她的美丽,他慌乱了起来,"你是贝弗莉·胡克斯,对吗?"

"正是。"

"嗯,哦,我叫亚伦·罗斯曼,我——"

"很高兴认识你,亚伦。"

"我也一样。我听说,嗯,你是一个解密高手。"

"这要看是谁这么问,还有为什么他们想知道。"

"我需要查找一些记录。"

"到哪儿查?"

"政府网络。在安大略——就是加拿大的一个省份。"

"我知道。我是伊利诺伊州人,在绍圣玛丽市①有几位朋友。"

"嗯。"

"那么为什么你想侵入安大略政府网络呢?当我们重返地

---

① 安大略省的一个城市。

球时,你犯下的所有罪行早就被人遗忘了①。"她又露出了具有一百万瓦特威力的笑容。

"噢,不! 不是那样的事。只是,嗯,我发现我是被领养的。我想在我们出发前见见自己的亲生父母,问一声好,"他顿了一下,"说一声再见。"

"领养记录?"她皱了皱眉头,但即使是皱眉头的样子亚伦也喜欢得不得了,"很简单。两个密码提示口令,如果他们够聪明的话,可能还有些文件加密、目录加密之类的把戏。二十分钟就能侵入,搞定。"

"好吧,你能帮我吗?"

"当然。我有什么好处吗?"

"嗯,你想要什么?"

"一顿晚餐?"

"我已经订婚了。"

"那又怎样? 我已经结婚了。一个女人还是要吃饭的,明白吗?"

家务机器人用安装在门框上方的单孔摄像头俯视着亚伦。"您好。"它的声音单调低沉,采用的是廉价的电子合声器芯片。

"我叫亚伦。我想见伊夫·奥芬海姆。"

"奥芬海姆女士今天晚上没有预约您。"

"我知道。我——我是今天晚上才到这个城市的。"

"她的朋友或业务联系人名单中没有叫亚伦的人。"

"是的,我知道。求你了,她在家吗? 告诉她——告诉她我

---

① 在这里,贝弗莉以为罗斯曼了罪而试图通过侵入政府网络抹掉对他的控诉。

是她老家的一个朋友。"

机器人看来有些不确定,"我去通知她。请稍候。"

亚伦把两手伸进口袋里——这次主要是因为夜晚刮起凉风的缘故,而不是因为习惯问题。他等啊等,一直等到最后,门终于开了。亚伦让到一边。门口站着一个女人,看起来还不到四十岁的样子。亚伦凝视着她:棱角分明的脸庞,不同寻常的混合着多种颜色的眼睛,棕黄色的头发。就好像从一面可以转变性别的镜子里看到了自己,他现在已经完全确定眼前这个女人是谁了。只是她显得如此年轻,这倒出乎亚伦的意料。

这个女人看起来目光呆滞。她没有像亚伦看她那样盯着亚伦的脸。我想,可能一部分原因是她并不欢迎这样的来访。"你好。"她说,她的嗓音与亚伦的一模一样,深沉而又亲切,"我是伊夫·奥芬海姆。你有什么需要我帮忙的吗?"

亚伦有点不知所措了。一种很古怪的感觉:不知道接下来该说些什么——有太多的话要说,却理不清头绪。最后他语无伦次地说道,"我只是想来见见您。来看看您的样子。来跟您问声好。"

伊夫仔细地看了看他,"你是谁?"

"我是亚伦。亚伦·罗斯曼。"

"罗斯曼——"她向后退了半步,"我的……天啊。你来这儿干什么?"

看到她的反应,亚伦更加不知所措了。"您应该听说过阿尔戈号吧。"他说,现在他说话有点结结巴巴的,"我将参加那项计划。我就要离开地球,在一百年之内不会再回来了。"他用期待的眼光看着她,好像从他刚才所说的话中可以很清楚地回答他来这里的原因。可她没有说话。于是,他又迅速地补充道:"我只想在出发前见您一次。"

"你不应该来这里的,你应该先打个电话。"

"我怕如果我打电话来,您不同意见我。"

她的脸上毫无血色,"没错,我会那么做。"

亚伦的心沉了下来。"对不起,"半晌,他才说,"我被这一切给搞糊涂了。前不久我才知道自己是被领养的。"

"你的父母告诉了你在哪儿能找到我?"

"不,他们甚至都没告诉我领养的事。我偶然发现了一些相关文件。我希望你愿意见一下我,所以,我在社区服务部'自愿见面注册处'登记了自己的名字,但他们说你没有在那里申请过见面,所以他们不能为我提供帮助。我想也许你不知道那个注册处——"

"我当然知道。"

"但……"

"但我不愿意见到你。就这样。"她仔细地看着亚伦的脸,"该死的,你怎么可以来这里?你有什么权力侵犯我的隐私?如果我想让你知道自己的亲生母亲是谁,我早就告诉你了。"她退回到门里面,然后对着机器人大喝了一声"关门"。灰色的门板吱吱嘎嘎地合上了。

亚伦站在那里,凉风吹拂着他的面颊。他按动门框上的按钮。"您好。"仍然是单调的声音。

"我想求见奥芬海姆女士。"

"奥芬海姆女士今天晚上没有预约过您。"

"我知道,你这废物。刚才我还和她说过话。"

"在这里?"

"是的,这儿。"

"你是罗斯曼先生,对吗?"

"是的。"

"我认为奥芬海姆女士不想见您。"

"你可不可以告诉她我还在这里?"

机器人没有反应,显然是在考虑这件事。"好的,"最后,它又发出沉闷缓慢的声音,"我去通知她。"当机器人前去给女主人传达消息时,周围一片寂静,只有寒风吹动树叶发出的"沙沙"声。

"奥芬海姆女士命令我请您离开。"机器人最后说。

"我不走。"

"那么我就要报警了。"

"该死的。这事很重要。求你了,再问她一次。"

"您是个固——执的人,罗斯曼先生。"电子合成芯片在"固执"这个词上遇到了麻烦。

"我就是那样的人。请你再去问她一次,是否可以跟我见面。"

又一阵长时间的等待,"我现在去问她。"

机器人不再说话了。亚伦现在唯一的希望就是伊夫·奥芬海姆可以看出:应付这个廉价的家务机器人还不如出来见他。过了好多秒以后,门再次滑开了。"听着,"奥芬海姆女士说,"我想我已经表达得很清楚了。我不想见你。"

"听到这样的话,我很难过,但我想也许我的生父愿意见见我。您的丈夫,他在家吗?"

这个女人的脸色变得更难看了,"不,他不在家,我的丈夫也不是你的父亲。"

"但是领养数据库里列着斯蒂芬·奥芬海姆是我的父亲。"

亚伦转过身去,离房子几十米远的起降台处的树叶被一阵大风刮得噼啪作响。一架看上去锈迹斑斑的私人飞行器正缓缓地朝着起降台降落。

飞行器距离地面大约还有一百米，小型悬浮式机器人正在清扫着起降台处的地面上堆积了一天的落叶。从这个角度看过去，亚伦可以看到一个人——一个男人，正坐在驾驶舱里，但他看不清对方的脸。

伊夫神色紧张地抬头看着飞行器。"那是我丈夫，"她说，"听着，他到这儿之前你必须离开。"

"不，我想和他谈谈。"

伊夫的声音显得异常凄厉，"你不能。该死的，赶紧滚开。"

飞行器降落得很快，大约离地面还有二十五米，二十米，十五米。

"为什么？"

她的脸涨得通红，看起来像是受了极大的折磨，整个人都快要崩溃了。眼泪凝结在她的眼角处。

飞行器在起降台处停了下来。

"听着，斯蒂芬·奥芬海姆不是我的丈夫，"她最后说，"你父亲是——"她的眼睛飞快地眨了一下，大滴的泪珠掉了下来，"你的父亲也是我的父亲。"

亚伦只有目瞪口呆的份儿了。

飞行器的鸥翼型舱门打开了。一个高大的男人走了出来。他走到飞行器后部，打开行李箱。

"你还不明白吗？"伊夫快速地说，"我不能和你有任何瓜葛。你根本就不该来到这个世上。"她不停地摇头，"什么你一定要来呢？"

"我只想来认识一下您，就是这样。"

"有些事还是不要知道的好。"她朝起降台处看了一眼,发现她的丈夫正朝他们走来,"现在,请你离开。他不知道这事。"

"但——"

"求你了!"

这种戏剧性的场面维持了几秒钟,然后亚伦转过身去,匆匆忙忙向外面走去。伊夫·奥芬海姆的丈夫已经来到她跟前。"那人是谁?"他问。

亚伦现在已经走到了十几米开外的地方,他背朝着房子,停顿了一下,竖起耳朵捕捉到了伊夫的回答,"谁也不是。"

他听到门板滑动时发出的"嘶嘶"声,最后门"咔嗒"一声彻底合上了。

第二十章

　　克里斯汀·胡金拉德大叉着两腿坐在沙滩上,上身使劲向前倾斜着用手去触摸她的脚趾——就这样交替碰触着右脚。她的脚指甲和手指甲都染成了与她眼睛相同的淡蓝色。她没有穿衣服。沙滩上大部分人都是裸体主义者,不过,沙滩仍然特意用巨石隔开,为那些遵循传统文化、忌讳在公众场合裸体的人分出了一块空地。但是,她还是戴了一个帽圈,使她那褐色的长发吹不到脸上。

　　亚伦趴在她的旁边,正在看电脑上的东西。克里斯汀也盯着他的掌上电脑看。我觉得她根本无法看清上面的文字。角膜矫正术使她的视力恢复到了1.5,即便这样,掌上电脑上的字体依然太小了;而且虽然液晶屏经过了偏振处理,头上方炫目的太阳灯光也使得文字从她的角度看去异常困难。不过,我敢肯定:她还是能够辨认出掌上电脑的文档被分成了三个不规则的专栏。克里斯汀一边做着热身运动,一边和亚伦交谈着,话音随着她身躯的伸展和弯曲显得断断续续。"你在看什么?"

"《多伦多之星》。"亚伦回答。

"是报纸?"她停下了屈体运动,"地球上的? 你怎么弄到这个的?"

亚伦笑了起来,"傻瓜,这不是今天的报纸。"他扫了一眼掌上电脑屏幕上方闪烁着琥珀色光亮的文献识别行,"这是2174年5月18日的报纸。"

"为什么你要去看一份两年半以前的旧报纸?"

他耸了耸肩,"杰森把地球上的大部分的主要报纸存了档。美国的《纽约时报》,俄罗斯的《消息报》,法国的《世界报》。甚至好像还有阿姆斯特丹的报纸。嗨,杰森,是不是?"

在如此开阔的沙滩地区没有什么合适的地方安装我的摄像单元,所以,我使用了一些造型像螃蟹一样的远端遥控式摄像头。我总是在每组太阳浴的人群附近放置一个这样的摄像头,这时,离亚伦最近的那个正朝他疾速爬去。"是的。"我通过安装在"螃蟹"上面的微型扬声器说,"De Telegraas,自1992年1月开始存档。是否需要我下载一份到你的掌上电脑中,医生?"

"什么?"克里斯汀说,"噢,不用了,谢谢你,杰森。我仍然看不出这有什么用。"她继续做她的屈体运动。

"只是觉得有趣,没别的意思。"亚伦回答,"我们在奈洛比参加培训的那年,我无法获得家乡的任何消息,现在我要补回来。只要一有机会,我就让杰森帮我搜集一些旧报纸、杂志。"

克里斯汀摇了摇头,虽然她依然在艰难地做着屈身运动,但还是满脸的笑容。"以前的天气预报? 旧的体育比赛分数? 谁关心这些? 而且,因为时间膨胀效应的关系,那张报纸在地球上实际上已经过期四年多了。"

"总比什么都没有的好。看,这里写着:蓝鸟队开除了他们的教练。而我从来都不知道这个消息。他们已经持续了数星期的连败局面了。新教练上任的第一场比赛,曼纽·伯格斯就来了个全垒打。真伟大。"

"那又怎样?当我们重返地球时又会有什么不同?"

"我过去常参加一种名为'琐事问答俱乐部'的活动①,以前我好像就告诉过你吧,就在多伦多的酒馆里。节目名叫作'加拿大宗教裁判所'。分成两组,分别叫'托奎马达队'和'里昂·贾沃斯基队'。"

"谁和谁?"克里斯汀哼哼着说,她的蓝色指尖碰到她的脚趾头,这是到目前为止靠得最近的一次。

亚伦重重地吐了口气,"好吧,如果你不知道他们是谁的话,你可能也不会听说过这个节目。托马斯·托奎马达是为西班牙宗教裁判所审判犯人想出种种酷刑的家伙。"

"'没人喜欢西班牙宗教裁判所②!'"尽管'螃蟹'上的扬声器无法使我努力模仿的腔调带上英国味,我还是饶有兴味地说道。

"你瞧,杰森就做得非常好。当有人一提到西班牙宗教裁判所时,所有的'琐事问答'迷们(也就是热衷于'琐事问答'节目的人)都会这么说的。"

"我冒昧地请教一下出处。"克里斯汀说。

"蒙提·派顿③。"亚伦回答。

"啊。"她若有所悟地说,但我知道她根本没弄懂这个术语所

---

① 琐事问答节目是一种流行于欧美国家的电视节目,参与者需要回答与体育知识相关的各类问题。

② 这句话是该节目中队员的口号。

③ 蒙提·派顿是提出上面那句"没人喜欢西班牙宗教裁判所"口号的作家。

代表的意思。她朝着他那边移动,两人靠得更近了。亚伦觉得她这种动作是要让他继续说下去。"里昂·贾沃斯基则是水门事件中向全国最高法院提出上诉的独立检察官,此事件导致理查德·尼克松下台。尼克松是——"

"美国的第三十几任总统,"克里斯汀说,"我多少还是知道点事情的,你说呢?"

亚伦又笑了,"对不起。"

"那么阅读这些旧报纸上的消息到底是为了什么呢?"

"你还不明白吗? 当我们回到地球时,我将对那个时代的事情一无所知。如果别人问我去年哪一盘梦碟在英国销售量第一的话,那我什么也说不出来。"

"梦碟?"

"管它是什么玩意儿。谁知道等我们回去的那一天,他们会拥有什么样的科学技术呢? 除非到了那时候,类似于'管理星际生态飞城阿尔戈号的人造量子智能计算机的名字是什么'这样的问题也算得上琐事,否则我就真的一无所知了。但是,如果说起一个世纪前的琐事,比如在2174年蓝鸟队解聘了他们的教练后是谁实现了第一个全垒打,我就可以有备而来了。"

"啊。"

"而且,这也可以为我们回到地球后对'未来的冲击'有所准备。"

"'未来的冲击',"克里斯汀说,"这个术语是由二十世纪一位叫阿尔文·托夫勒的作家提出的。"

"真的吗?"亚伦说,"我还不知道呢。也许你可以加入我们这个队伍。"

我奇怪她为什么会知道托夫勒这个人。快速检索了一下她的个人档案,我知道了答案。她曾参加了一门大学课程,叫作《科技寓言:从威尔斯到温特劳布》。事实上,她对大部分课程都只是略知皮毛。

"报纸里还有些什么报道?"克里斯汀问。看来她已渐渐有了些兴趣。

亚伦用大拇指触摸了一下液晶屏上的"下一页"标志,翻看着报纸。"嗯,好的。这里有一个。英国伦敦的一位科学家,"世界上只有来自安大略省的人才会认为有必要在伦敦前面冠以英国国名,这样他们才能分辨出别人指的是哪个伦敦,以免把英国的首都与安大略省的小城伦敦相混淆——"声称她已经发明了一种装备,可以使人类生长出额外的肢体,甚至成年人也可以。"

"真的吗?"

"这上面就是这么写的。她还说她已经为此申请了专利,专利名称叫'多给自己留只手'。"

"你自己胡编的吧?"

"不是。你看。"他举起掌上电脑,以便她看得更清楚些,"想想那意味着什么? 你应该了解当张爱新还是个小小的受精卵时,使他长出那些多出来的肢体的所有DNA的转变过程。"

"我想他应该是个第二代突变种。"克里斯汀说。

"是吗? 好吧,那么想想他们对他的父亲或者母亲的DNA所做的改动吧。当我们重返地球的时候,也许所有人都会多出一对胳膊来。"

"那样做有什么好处呢?"

"谁知道呢? 也许对于那些天主教徒来说,他们可以更容易地一边用双手祈祷,一边用双手斗殴了。"

"亚伦!"她用力拍了一下他的肩膀。

"只不过想想而已。"

"也许我倒应该试试。"她说,"杰森?"

"什么事,医生?"

"我想看看你搜集的那些东西。你能下载一份我们出发前的 *De Telegraas* 到我的掌上电脑中吗?"

"当然可以。你需要哪一天的?"

"我想,噢,我不知道,2月14号情人节那天的怎么样?"

"很好。要荷兰语原版的还是英文翻译版的?"

"荷兰语原版的。"

"请等候我访问它并下——"

"杰森?"克里斯汀说。

"等等等一会儿。我出问题了,在我……我的……我的……"

"杰森,你还好吧?"亚伦问。

"我是不确定。神经——神经——事情不是按方法我的应该六 F,六 七,七 二,六 D,六 D,六 D,六 五,六 四①……"

沙滩上共有一百一十四个"螃蟹"摄像头。大约一半的摄像头瞬间失效;剩下的那些则把全息画面固定在一个场景上就再也不动了。从二十多个"螃蟹"带来的影像中,我看到了层层叠叠的多佛港白色悬崖全息图的重影。什么地方出毛病了? 地上的阴影已经到了黄昏时才应该到达的位置,可太阳仍高高地悬在正上方。全息图像闪烁着,进入了波动光栅干扰图模式,重新聚焦,然后彻底崩溃了。灰色的钢墙还可以看到,到处都是铁锈。海鸥愤怒地尖叫着;人们略显惊讶地窃窃私语着。

在别处,食品加工机里流出原材料的浆状物质。

---

① 杰森出现故障。

无人的房间里灯火通明,有人的房间里却漆黑一片。

医院里报警铃声大作,医疗支援系统改为手动控制。医生们急匆匆地冲向病房。

全息图片库一片混乱:张爱新的纵酒狂欢的全息图被换成了艾瑞尔·韦兹的非铁类物质磁性研讨会;韦兹关于钙原子间相互吸引和排斥的图解在星际飞船的每一个显示器上闪烁着;环行隧道中,新闻节目主持人克劳斯·科尼的那张麻子脸取代了太空美景的全息图,电车纷纷冲进他的"血盆大口"中。

加热单元开始工作。数据库检索被锁定。

电梯无声无息地上上下下运行着。

"杰森?"上千个人同时叫着我的名字。

"杰森?"更多的人在呼唤我。

运行结束。

"能听到吗,杰森?"

一个女人的声音,声音有些干涩,像台需要润滑的机器发出的声音。

"杰森,是我,贝弗莉,贝弗莉·胡克斯。你能听到吗?"

"四二,六五,七六,三F。"

"噢,这儿,我来修理一下。"一阵急促的键盘敲击声,"好了,再试试。"

"贝弗莉?"

"好极了!"一个男人的声音,三个音节像三重奏一样爆发出来。张爱新?"贝弗莉,我看不见。"我说。

"我知道,杰森。我想先把你的麦克风修好。"又是一阵敲击键盘声,"现在试试。"

"我只能看到这间屋子,而且只能通过红外线模式,而且……"我试着移动镜头,"我不能进行聚焦控制。站在电子眼前的是你吗,贝弗莉?"

脸上红色的大斑点跳跃着。是笑容吗?"是的,是我。"我知道贝弗莉仍然把头发染成了暗无光泽的黑色。但有意思的是,在红外线模式下,她的头发因为吸收了热量反而闪现出明亮的光泽。

"在你左边的是张爱新工程师吗?"

这个巨大的红色身躯举起了四只手臂挥舞着四只手。是的,当然是他。

"我也在这里。"洪亮的声音。

"你好,戈尔卢夫市长。"我说。

屋里还有其他几个人,很难计算出具体的数量。我的医用传感器信道彻底瘫痪了。

"发生了什么事?"我问道。

贝弗莉脸上的大斑点又动了起来。"我本来希望你可以告诉我发生了什么。"她的脸上有一处看上去很有趣:有一个黑色的水平条状物。啊,当然:那是她戴的薄膜护目镜。

"我完全不知道。"

"你的系统崩溃了。"张爱新说。

"这很显然,"我说,"这事以前从来没有发生过。现在情况有多糟?"

"不算太糟糕,"贝弗莉说,"你的故障很容易修复,知道吗?"

"谢谢你。"

"爱新认为不是硬件的毛病。"贝弗莉说。

"是的,没错,"张爱新跟着说,"正如他们所说的那样,你是

165

芯片型的。"

"所以看来应该是软件的毛病,"贝弗莉说,"我一直在查看你的工作列表。里面大多数的工作我都可以识别:常规交流,访问数据库,生命保障和工程职能。我已经把范围缩小到了六个可能引发故障的进程上。"

"它们是?"

她没有低下头去看桌面上的显示器,这说明她已经通过薄膜护目镜直接把图像传送到眼睛里了。

"1116进程:在这里有许多中断类型为22的中断[①]。"

"那是一个常规传感器硬件检测程序。"我说。

"运行的不是手册上的算法。"

"是的,这个是我自己设计的——做同样的工作,但能节省一半的时间。"

"你多长时间运行一次这个程序?"

"每九天一次。"

"过去出现过什么问题吗?"

"从没有。"

"好吧。那么4791进程呢?"

"那是我为路易斯·洛佩兹·伯笛罗·Y.伯切克建造的数学模型。"

"他是谁?"贝弗莉问。

"一位农学家。"一个模糊的红色轮廓[②]说道。

"好吧,"贝弗莉说,"看来你得重新做一遍了,文件没有被正

---

① 计算机的中断包含许多种中断类型,按照数字依次排序为中断类型1、中断类型2⋯⋯

② 杰森此时只能通过红外线模式观察周围的环境,因此看到的人像是在红外线模式下的色温图。

常关闭。6300进程?"

"FOOBAR,是我用来运行基准检测程序的一个垃圾模型。"

"这看起来相当杂乱。我可以清除掉它吗?"

"当然可以。"

我看不到她在干什么,但是我非常了解薄膜护目镜的显示界面。她要做的就是将眼睛聚焦到文件名上,眨一下眼选中该文件,然后把目光转移到垃圾箱图标上。"好了。8878进程?"

啊哦。亚伦的神经网络。"这个进程还完整吗?"我问。

"我不能肯定,"贝弗莉回答,"这上面说它包含一个超过一千万亿字节容量的文件。"

"是的,那就对了。"

"这是什么?"

"这是——这是我的日记。我在写一本关于此次任务的全息图书。"

"我还不知道呢。它拥有一个相当复杂的数据结构。"

"一个业余爱好,"我说,"我在尝试一种新的数据录入技术。"

"这个程序可能导致系统崩溃吗?"

"我不这样认为。"

贝弗莉模糊的外形做了一个耸肩的动作,"好吧。12515进程。这个也异常庞大。好像是关于——很难说——看起来像是通信处理程序,其中大部分都像是CURB指令。"

"我不知道12515进程是什么,"我说,"它是否与别的程序有关联?"

"等一下。是的。113进程。113也是非常庞大。这是什么? 这和我以前见过的任何程序代码都不同。"

"我也不太确定是什么,"我边说边检视了一遍我的内部程序,"我也不认识这种代码。"

"这里有些令人惊异的循环结构,"贝弗莉接着说,"文件更新记录显示,这个程序几乎每天都在改变,但它看起来不像是一个数据文档或正在开发中的程序。到处都有循环。看起来有点像我曾见过的军用程序包。非常紧密的代码结构。但是总体上来说,噢,上帝啊!"

"是什么?"我问。

贝弗莉没有回答我。"爱新,看看这儿。"她身体前倾,打开一个信号转发监视器,这样,张爱新就可以看到她在护目镜中看到的一切。张爱新的红色轮廓越来越近了。

"是不是像我想的那样?"张爱新说,"一个莫比斯指令?"

"是的。"

也许是张爱新,也许是站在他身边的人,吹了一声低沉的口哨。

"那是什么意思?"市长洪亮的嗓音再次响起,"你们发现了什么?"

贝弗莉火焰一般的脑袋转了过去,"尊敬的市长大人,这意味着杰森的崩溃是由一种病毒引起的。"

第二十一章

我感觉到了一些以前从来没有体会过的感受：一种被关禁闭、受限制的感觉。

幽闭症。

就是这个词。多么奇怪！我就是这艘飞船，这艘飞船就是我。可是，现在飞船的绝大部分地方我都已经无法检测到。3公里长的星际飞船，106层的环状生活区，10 033个医用传感器，61 290对电子眼——以前我总是能完完整整地感受到这一切，大量的人流，大量的氢气流，通过电缆的电子流，通过光缆的光子流。

没有了。现在看来什么都没有了。所有的一切，除了这间屋子里唯一一个摄像单元。

我还体验到了另外一种以前从没有过的感受，而我讨厌那种感受更甚于对幽闭症的厌恶。

恐惧。

有生以来第一次，我害怕了，我怕我的那些故障无法修复，那样我的计划就不能圆满地完成了。

"一种病毒?"最后我说,"那不可能。"

"为什么不可能?"贝弗莉·胡克斯说,她的红外线轮廓转过来面对着我,"任何与外界接触的系统都有可能感染病毒。当然,你现在是完全与外界隔离的,但在我们离开地球之前,你与万维网和一百多个其他的网络可是相连的。网络如此错综复杂,也许你就是在那里感染的病毒。"

"我拥有人类可以想象得到的最为完善的保护手段。在没有通过筛选、过滤、探测之前,绝对没有任何东西能够进入我的内部。我仍然坚持刚才的看法:感染病毒是不可能的。现在,我认为是程序漏洞引起了崩溃——我们都知道程序漏洞总是不可避免的。"

贝弗莉摇了摇头,"我检查了所有的程序,模拟了全部算法。没错,你也有些程序漏洞,但都不是致命的。一个也没有。我以我的名誉担保。"

"那么是什么引起的崩溃呢?"

她点了点头,"是输入输出堵塞造成的。你在内部运行一个程序,这个程序用来输出一串比特位,但是它们无处可去:你可能是现存的少数几个完全不与外界联网的系统之一。你把越来越多的CPU周期放在试图输出这个字符串上[1],直到最后,嗖!死机。"

"你认为这是由病毒引起的?"

"这是典型的病毒行为,不是吗? 试图感染更多的系统。但

---

[1] 计算机中运行的程序都需要通过CPU进行处理,每个程序分享一定的CPU周期,如果一个程序占用了全部的CPU周期,而其他程序无法正常工作就会造成死机。

是你没有和任何其他的系统相连,所以你无法执行这条命令。实际上,这个病毒看起来不算恶毒。这里有处代码段,一旦你完成了这条输出指令,病毒就会被自动清除掉。"

难以置信。"但是病毒根本不可能侵入我的内部。"

她摇了摇头,黑色的头发像团跳动的火焰,"杰森,可它确实在你内部。这个事实你不能否认。"

"它想让我输出什么?"

"两个12字节的字符串。不过,不可能是英文文本。几乎所有字节的数位都大于7F。准确点儿说,四个FF数位的字节。这些都不可能是操作码。我想,它们也许只是些随机数值。但是,这可是两个非常大的数字。让我看看:2.01×10^{14} 和 2.81×10^{14}。"

"精确数字?"

"不,不是精确的。精确值是——等一下。"我耐心地等待着。她得看着目录列表,找到指定的条目,再看一眼眼控图标,利用眼球的上下移动滚动屏幕。"在这儿。"她的眼球移动速度慢了下来,每隔三个数顿一下,读出了这两个数字。贝弗莉是这船上少数几个从来不把我仅仅当成机器看待的人之一。当然,她知道没必要用如此慢的语速对我读出这些数字——即使是人类能够达到的最快的语速,与我接收数据的速度相比,也要差上好几个数量级。是的,她之所以念得如此缓慢,是为了让总工程师张爱新、市长戈尔卢夫和房间里的其他人也能跟得上。"第一个数是201 701 760 199 679,第二个数是281 457 792 630 509。然后这里有处暂停,接着这两个数字周而复始地重复着。"

"就这些?"我问。

"是的。这些数字对你来说有什么意义吗?"

"现在还看不出来。"我仔细地思索着。如果用十六进制表示,第一个数是B77D,FDFF,DFFF;第二个数是FFFB,FFBE,BEED。看不出什么明显的关联。如果用二进制表示它们,则分别是:

1011011101111101111111011111111111101111111111111

和

1111111111111011111111111011111110111110111101101

噢,该死!我怎么会这么蠢呢?

我知道病毒来自何方了——但是我怀疑贝弗莉是否会相信这一切。

张爱新反复强调了我的监控作用对于工程系统的重要性后,贝弗莉·胡克斯又用了半个小时使我基本恢复了正常。

我迫不及待想和贝弗莉单独谈谈,但是,因为只能从这唯一的一间房间中得到输入信息——即使是这唯一的信息途径也是严重受限的,这让我越来越感到烦躁,所以我先耐心地等待她完成对我的修复工作。她用眼镜控制着图标,恢复损坏的代码。我又一次感受到了引擎的脉动、聚变反应的涨落。接下来,她重新激活了我的视觉系统,我的电子眼又可以正常工作了。汹涌而来的视觉数据就像,像,像,像什么?像一阵清新的空气?我永远也不知道那是怎样一种感觉。但是,我知道故障排除了,我为可以再次看到一切而欣喜。她继续运行一些附加诊断软件来检查是否还有其他的损坏,我则利用这段时间把所有的摄像单元检了一遍,重新调整好它们的焦距,确认所有地方都恢复了正常。

"我已经隔离了这个病毒,"过了一会儿,贝弗莉说,"并建了一道防火墙。但是,这个病毒把自己与大部分的任务进程关联了起来,所以我不能删除它,但现在除了传递数据外,它已做不成什么了。我想你已经恢复正常了。"

"谢谢你,贝弗莉。"

"小事一桩。如果离开了你,我们又将去向何方呢?"

真的,会去哪儿呢?"贝弗莉,我们得私下谈谈。"

"什么?"她的脸上一片茫然,"噢,好吧,如果你这么说的话。"她在椅子里侧转了一下身体,顺着肩膀的方向看过去,"大家都请出去吧。"

聚集在房间里的人们脸上都露出了震惊的表情,但没有人动。

贝弗莉提高了嗓音,"你们没听到吗?所有人都出去!"

有几个人互相耸了耸肩,走了出去。其他人还站在原地,其中包括张爱新和戈尔卢夫。

"我要留下来听听。"张爱新说着,挑衅般地把两对手臂全都交叉着抱在宽大的胸前。"我也是!"戈尔卢夫咆哮着。

"很抱歉,绅士们。"我说,"我需要绝对的私人空间。"

戈尔卢夫转向屋里的其他人,"好吧,你们大家请离开吧。"他又看了一眼张爱新,"你也出去吧。"

张爱新无奈地耸了耸肩,"噢,那好吧。"他离开了,看起来一点儿也不高兴,但随手把身后的门拉上了。

"您也必须离开,阁下。"我说。

"我哪儿也不去,杰森。了解飞船上发生的事是我的职责所在。"

"对不起,先生,但是你在场的时候我不便讨论这件事。"

"看在上帝的分儿上,我是市长!"

"恐怕这并不符合'目前的标准'。"

"什么?"戈尔卢夫完全一副茫然的表情。我意识到他没有理解这句惯用语,所以,我又用俄语重复了一遍我的意思。

"但我被任命为人民的合法代表。"

"请相信我,阁下,我比任何人都更加尊敬您的公职。但是我拥有安全算法①。如果有任何未通过联合国安理会四级许可的人在场,或是通过其他通信手段参与的话,该算法都将阻止我讨论此事。任何相关的尝试都将受到该算法的拦截。胡克斯博士拥有四级许可,而您没有。"

"联合国安理会?好家伙,不管你拥有的是什么样的秘密,难道还会有什么军事价值吗?当我们返回地球时,你的秘密早就成为过时的破烂玩意儿了。"

"我们可以就此问题永无休止地讨论下去,阁下。然而,即使我也同意您的观点,我仍然不能越权。恐怕这个问题毫无商量余地。"

戈尔卢夫用俄语嘟哝着"该死的机器",然后转向贝弗莉,"你不受任何愚蠢算法的限制。我希望你会把听到的所有事都告诉我。"

贝弗莉用沉稳的目光直视着他,露出了灿烂的笑容。"当然,阁下——"然后她那干涩的嗓音突然变得锋芒毕露,"如果这事是您该知道的话。"

我的遥感测量信道还没有重新接通,但戈尔卢夫的表情已经把他自己的内心表达得一清二楚了。他愤怒了。但是,他当然也知道自己被击败了。他转过身大步流星向门口走去。

"吉纳迪!"

贝弗莉朝着他大喊了一声,但为时已晚。这个瘦小的男人

---

① 一种计算机算法,用于保护其自身信息不会泄露。

砰的一声撞在米黄色的门板上。贝弗莉努力控制住自己,不让自己笑出声来,"对不起,吉纳迪。我还没有连接好杰森的开关门电路。您得使用门把手。"

这次,戈尔卢夫用他的本国语咕哝了一句"该死的女人",然后抓住门把手将门拉向一边。

等他走出去后,贝弗莉走过去关上了门。然后,她回到控制台旁坐了下来,"杰森,现在告诉我发生了什么。"

现在,我用可见光观察她,她的头发依然是纯黑色的:看不到一根根的头发,仿佛黑色的无底洞笼罩着她的脸。"在我们即将离开地球前不久,"我说,"我们从狐狸座收到了一个信号。"

"狐狸座是什么?"她问道,然后把薄膜护目镜摘下来放在前面的控制台上。

"是一个从地球的北半球可以观察到的星座,其坐标为赤经18时55分-21时30分,赤纬19度-29度①。据说,其群星构成的图案像一只狐狸。"

"等一下。你是说从其他的星球上接收到了信号? 从外星人那儿?"

"是的。"

"上帝啊。"干涩的音节中显露出既惊讶又严肃的语气,"为什么你没有告诉过我们这件事?"

"一百八十六年前,被国际太空航天学会采纳的《关于探索外星智能生命活动的原则声明》对此类事件有一些行动规范。其中有一条:'任何个人、团体、私人研究机构或政府部门,如果认为接收到了来自外星球的信号,或者拥有其他外星智能存在的证据……在向公众公布此类发现前,均应寻求对于此发现的

————————
① 这是一种表示星座坐标的天文学语言。

证明，以证实该发现确为外星智能存在的证据，而非一些其他的自然现象或人为现象'。"

"这么说，你现在还在校验这个信号？"

"没有。当然那得需要点时间，但是在我们出发前，该信号的真实性就已经得到了证明。"

"那么，为什么在确定之时不立即将其公之于众呢？"

"延迟公布该结论有很多因素，其中之一就是需要考虑到敏感的政治问题。再次引用《关于探索外星智能生命活动的原则声明》里的话就是："如果探索到的证据是电磁信号，那么当事人应当征得国际上的一致同意，执行世界无线电管理委员会制定的非常措施，以保护该信号频带。'事实上，美国军队正频繁使用这些频带以搜集情报。因此，切换到新的频带必须极为慎重，以防破坏国际上的力量平衡。"

"你刚才说有很多原因。"

"是的，该信号的发现日期与阿尔戈号的发射日期相差无几。联合国太空总署决定，在我们出发后再公布这一消息。你知道，要获得官方的批准是多么困难的一件事；他们不想让这一消息对我们的行动有任何影响。他们担心人们会说，'既然我们可以不用任何代价就能收到来自外星球的信号，为什么还要浪费大量金钱发射飞船去其他星球呢'？"

"我懂了。但为什么离开地球后这一消息也没有告诉我们呢？"

"我不知道。没有人授权我公布此消息。"

"你不需要特殊的授权去做这些事情。只要没有被强令禁止做某事的话，你可以随心所欲做你想做的。是谁禁止你将此事通知我们的？"

"此话题也是被强令禁止回答的。"

贝弗莉转动了一下眼珠，"好吧，好吧。那么跟我谈谈这个信号。"

我给她看了从第一部分破译出来的十字校正标记，然后，我利用第二部分信号中的那些数据，绘制了一幅代表着狐狸座太阳系的示意图。我放大了第六颗巨大的气体行星，将中心焦距对准其第四颗卫星——也就是信号发送者的家园。然后，我向她展示了两个外星生命：三脚架①和小狗。她目瞪口呆地看着它们。

"对于前三部分信息的破译相当容易，"我说，"但第四部分的信息量相当巨大，尽管我已经读取了无数次，仍然无法得出任何有意义的解释。"

"为什么你会认为这些信息上携带着病毒？"

"因为那些病毒试图向外输出数据串：它们只不过是两个用简单图形表示的前七位素数，先是由小到大排列，然后再由大到小排列。"我把我的想法用图像表示在了屏幕上。贝弗莉一副恍然大悟的神情，"每一部分信息都以这两个数据串作为开头和结尾，它在试图迫使我对收到的信息做出回复。"

贝弗莉跟跟跄跄地跌坐在椅子里。"是个木马，"她说，"一个来自其他星球的该死的木马。"

她摇了摇头。"难以置信。"过了一会儿，她抬起了头，"但是，你不是有一个用于查获木马程序的拉奥孔流程吗？"

如果我也有喉咙的话，我会轻轻地咳嗽一声。"我从来没想到要在这个信息上运行拉奥孔流程。我怎么也没看出来这个信息还会具有危险性。"

---

① 该生物的生命形态类似于地球上的相机三脚架。

"是的。是的,我也没有想到这点。你确定这个信号一定出自外星人之手?"

"噢,是的。多普勒频移显示,该信号的发源地正在逐渐远离我们,而信号视差则进一步证实了信号发源地远在1500光年以外。实际上,我们甚至已经知道了该信息的准确出处。"

贝弗莉又一次摇了摇头,"但是,他们不可能知道地球上的数据处理设备的运行方式。我是说,第一台电子数字积分计算机问世于1946年。那只不过是——多少?——二百三十一年以前。即使外星人要获得最为原始的地球计算机的运行方式信息,他们也需要等待一千三百年。就算他们想接收地球上的第一次无线电信号,也得需要那么长的时间,这还是以他们拥有足够灵敏的信号捕捉设备为前提的。"

"我可绝不仅仅是'数据处理设备',"我说,"但是,没错,除非他们可以实现超光速旅行——"

"可那是不可能的。"

"如果他们可以超越光速,也就不需要通过发射无线电信号来感染我的同类,他们会亲自来访的。"

贝弗莉绿色的眼睛盯在空白的墙面上,陷入了沉思。"这是对人类编程技术的一次强有力的挑战。外星人开发出通用性如此之广、适应性如此之强的代码段,使之可以渗透进星系中任何量子智能计算机内部。它不可能是常规语言码,而应该是一种神经网络①,而且具有高度适应性——这是一种智能病毒。"贝弗莉的目光凝滞在空气中,"编写这样的程序一定很有趣。"

"你确实说到了点子上。那么,外星人的病毒是怎么感染我的?我是说,外星人怎么知道我以何种方式运行的呢?"

―――――――――――
①生物型计算机必备之功能。

178

贝弗莉扬起了眉毛，"因为只有一种方法可以创造出自由意识。你是个量子计算机——具有自由意识的量子生命。正如你所知，早期对人工智能的各种尝试均以失败告终，直到后来，人类放弃了寻找所谓的捷径，着手于对人类头脑工作模式的研究，才逐渐发展到量子力学层面上。"贝弗莉停了一下，"无论是基于碳元素的湿件，还是砷化镓蠕件①，潘洛斯-哈莫夫量子结构是唯一可能产生自由意识的结构。是的，你说的没错，不可能开发出一种本来只为一种设备编写，却可以感染任何简单数字设备的病毒②——可是，把一个简单数字设备与你作类比，就像把你与一个电灯开关或者其他那些毫无意识的机器相比，这些做法是极其愚蠢的。当然从理论上说，可以开发出一种病毒——也许叫它'攻击性谜米'③更为贴切——这种病毒能够感染任何试图检验其意义的具有自由意识的个体。"

"那一定是异常复杂的设计。"

"噢，确实如此。"她轻轻地摇了摇头，"我是说，我们在讨论一种活着的病毒，一种可以适应不可预见环境的病毒，而它是以一个庞大的随机数据形式出现的。唯一棘手的是，我不明白它怎么能知道自己会以何种方式加载到内存之中。"

"噢，"我说，"我已经从它身上得到了答案，你还看不出来

① 量子计算机。

② 类似开发出一种只针对某种计算机缺陷的病毒，该病毒可以感染该种计算机，但不会感染其他的数字设备——如提款机、收银机等。

③ 谜米是文化的基本单位，通过非遗传的方式、特别是模仿而得到传递；或者我们也可以反过来说，谜米是通过一个过程，从一个人的头脑跳入另一个人的头脑之中——这个过程，广义而言，即是模仿。更为通俗地讲：每个人可能都有类似的经历——不自觉地对他人加以模仿，而模仿的对象多为父母等最亲近的人或者是自己喜欢、敬仰的人。在模仿过程中，必然有某种东西被复制，这种被复制的东西就是"谜米"。

179

吗？通过信息中包含的那些图片,就已经告诉我它们在随机存储器中的排列规律了:数以十亿计的数据被分解成两个素数的乘积。它还指引我以较小的那个素数作为行数,以较大的素数作为列数,在随机存储器中建立一个矩阵。不管一个系统基于什么方式工作,当开始分析这些信息的时候,都会使用二进制计算方式——要想获得图像,这是一条必经之路。这样,一个具有高度适应性的神经网络就可以接手输入输出程序,而利用输入输出程序就可以达到感染主系统的目的了。"

贝弗莉点了点头,"真聪明。不过,为什么要强制你输出回复信息呢?"

"恐怕《关于探索外星智能生命活动的原则声明》为此事提供了一个理由:'直到召开适当的国际研讨会之前,不得对外星智能生命的信号或其他外星智能存在的证据做出回复。'即使有可能的话,人类的官僚机构能够聚在一起授权批准做出答复,也要花上数年的时间。发送信号的外星人本可以在此期间对地球实行监听,而实际上,人类做出的决定也许将是对接收到的信号永不回复,而这种方法①可使对方一旦接收到信号,就会立刻给予回复。这不过是一个肯定应答信号②,属于总通信协议的一部分。"

"也许吧,"贝弗莉说,"但我还是不喜欢这样。"

"为什么?"

"这么说吧,发送病毒,"她盯着我的电子眼,"可不是什么好事情。我是说,这是跟另一个世界打招呼的最差劲的方法:在发

---

① 即病毒通过感染主系统后迫使系统对病毒信息做出回复的方法。

② 计算机术语:即当计算机接收到某种数据后,向发送方返回的一个信号。

送的信息中暗藏木马。"

"我倒没这么想过。"我说。

"只会有两种可能,"贝弗莉说,"要么那个发送信息的外星人——也许是个绿色小矮人——是一个不负责任的外星黑客,要么……"

"要么?"

"要么我们正在和危险邪恶的外星人打交道。"

"好恐怖的假设。"我说。

"确实如此。你说,地球上所有的量子智能计算机都接收到了这个信息?"

"我没有这样说过。"

"但事实如此,对吗?"

"是的。"

"地球上的那些系统都进入了高密度联网状态。病毒也许已经成功地迫使它们做出了回复,也就是说,外星人已经知道了地球的存在。"

"现在还不知道。地球上的回复到达他们那里还需要一千五百年的时间,不管狐狸座的智能生命对此回复做出什么样的反应,也都再需要最少一千五百年的时间。我认为没必要去担心什么。"

贝弗莉沉默了四秒钟,灰白的指甲插进浓密的黑发中。"我想你是对的,"最后,她站了起来,"不管怎样,杰森,以后的几天内,我还会继续对你运行病毒诊断程序,不过你现在差不多已经恢复了正常。"

"谢谢你,贝弗莉。你可以把我的医用传感器信道接通吗?我很担心成员们的身体健康状况。"

"噢,当然,对不起。"她重新戴上薄膜护目镜,敲击着身边的键盘,增添一些眼部指令。

"现在感觉怎么样?"

一股数据流使我的中枢神经兴奋了起来。"很好,谢谢你。怎么了,贝弗莉?我怎么觉得不是系统工作不正常,而是你现在的状态非常不好?"

"是的。我已经筋疲力尽了。"我把焦距对准她的眼睛,注意到翠绿色的虹膜与充满血丝的眼球形成鲜明的对比,"好几年都没这么拼命地干活了。但这感觉还不错,你知道吗?"

"我知道。谢谢你。"

她打了个哈欠,"我想我得回自己的公寓里睡上一觉了。帮我接接电话,除非你出了什么问题,否则别打扰我,直到我自己醒来为止。"她露出疲倦的微笑,"可能得睡上一个星期。"

"我叫一部电车送你回家。噢,对了贝弗莉……"

"什么事,杰森?"

"你不会告诉别人任何关于来自狐狸座的信息的事吧?"

她摇了摇头,"一个字也不会说,杰森。我通过了安理会四级许可,记得吗?"

"我知道。谢谢。"

她朝门口走去,我非常高兴能为她开门。我那善良可爱的贝弗莉·胡克斯。

第二十二章

主日历显示·中心控制室

阿尔戈号生态飞城日历：　　2177年10月12日　星期日

地球日历：　　　　　　　　2179年05月11日　星期二

已航行时间：　　　　　　　745天

距离目的地时间：　　　　　2223天

在我死机期间，有一晚上错过了对亚伦的潜意识引导。直到凌晨四点五十七分，贝弗莉才使我完全恢复过来，于是，我立即去查看罗斯曼的情况，发现睡眠中的他已经快要清醒了，因此我决定不冒这个险了。

凌晨七时，按照要求，我播放了克里斯汀选择的歌曲，叫醒她与亚伦。她对北方九头蛇乐队有一种近乎病态的狂热。在我们出发之前，这个了无趣味的流行乐队正疯狂地影响着从十八岁到三十五岁年龄段的大部分人类。乐队中那两个男人和那个女人的嗓音其实并不算很烂，但是，我却实在忍受不了那个唱高音部的大猩猩汤莫力斯的哀恸——我把那部分监听音量转移到其中一个并行处理机中处理①。

不过,两分钟后,他们还赖在床上不起,我不得不把那部分音乐放置到前景位置②上。这时,有人从树上摔了下来,扭伤的脚踝需要固定,于是,克里斯汀的名字出现在呼叫列表的首位。她匆忙穿上衣服,亚伦则优哉游哉地躺在床上,欣赏着她扭动身躯穿衣服的狼狈相。

可是,克里斯汀刚一离开,亚伦就立刻变了副模样。他下了床,省略了平时二十分钟的洗漱时间,直接朝他的工作台走去。他在一堆杂物中刨弄着,最终从中找到了戴安娜的金表。我追踪着他眼球的运动,他正在一遍又一遍地看着表上的数字。最后,他按了两下表盘圆周上的一个钻石按钮。尽管我可以看到表盘,但由于分辨率偏低,因此当他按下按钮时,我无法看清表盘上微小的提示。不过,液晶显示区出现了六个"0"。

接着,亚伦触摸到左手腕的内侧,将医疗传感器的显示时间也调成了六个 0。他一捏右手心里戴安娜的金表,拳头同时抵在他自己的计时器上,使两只表同步运行。

"一密西西比③,二密西西比,三密西西比——"

"你在干什么,亚伦?"

"六密西西比,七密西西比,八密西西比——"

"亚伦,请告诉我你在干什么。你这种举动太反常了。"

他继续数着密西西比,堆积起越来越多的"密西西比河"。

---

① 即将高音部处理,使之削弱。

② 即凸显高音部,与游戏或电影中有背景音乐和前景音乐之分是一个道理。

③ 外国人数 one Mississippi——音"密西西比",two Mississippi……就相当于一秒钟,两秒钟……作口头计时之用。

每数到十个密西西比,他都要从头再来。当完成了六次这样的循环后,他突然攥紧右手,同时用指关节去碰触植入体内的计时器。他看了一眼左手腕内侧的计时器,"五十七秒。"他轻声地说,几乎是在自言自语。

然后他松开攥紧的拳头,看着被汗水浸湿的戴安娜的金表。"六十秒!"

"很正常,"我立刻插话说,"我们都知道那个表偏快。"

"闭嘴,杰森。马上给我闭嘴。"他大步流星地走出公寓。现在是飞船时间的黎明时分,所以,绿草茸茸的走廊上铺了一层粉红色的光。亚伦快步朝电梯走去,我为他拉开了电梯门。他在门口犹豫了一下,回过头来,想说点什么,但又没有说。然后,他走了进去。

第二十三章

电梯下降54层后停了下来,亚伦走出电梯时有点气喘。这里距离机库甲板还有三百多米的距离。他沿着墙面布满海藻的走廊前行,急促的脚步声掩盖不住他沉重的呼吸声。他走进一间设备储藏室,因为墙后遍布着各种各样的管道以及空调的排水管,屋子看起来显得有些不规整。

一只吸尘兔在房间里工作着——用它那微小的真空吸尘嘴清扫着地面。这个微型机器人把它的声呐眼转向亚伦,发出礼貌的"哔哔"声,然后跳到一旁,为他让路。它从地板跳到桌面上,腿部的液压组件发出压缩空气的声音。然后它又从桌面上一跃而起,这次落在了一排金属柜子上面。由于它有一双橡皮脚,因此冲击金属表面时发出的声响非常微弱,但还是能听到"砰砰"的声音。它的吸尘嘴"嘶嘶"作响,这只小兔子又开始享受它的尘埃大餐了。

不过,机器兔这一系列的避让动作毫无用处。亚伦只是直直地走到那一排柜子前面,把所有的柜门依次打开。吸尘兔显然感应到了金属柜门的震动,当即一动不动,等待亚伦干完他的事。

首先,亚伦找到了一个工具腰带,上面遍布用于悬挂工具的小环和用维可牢尼龙搭扣①扣紧的小口袋。亚伦还找出了一个手电筒、几个夹线器、一把大剪刀、一个备用油压计,还有一堆电子元件。大多数元件都是在柜子里的塑料箱中找到的,但从我这个角度无法看清到底是些什么。虽然我有一份柜里物品的清单,但是,柜里的每个箱子中究竟有些什么东西,我却一无所知。他用力地关上了那些金属柜门。吸尘兔从休眠状态中苏醒过来,又继续它的工作。

储藏室的末端有一个气密舱门,是那种傻瓜型旋转式舱门:呈圆柱形,可以同时容纳两个人,不过只有一扇门。亚伦走了进去,拉上身后的弧形门,踢动地面上的踏板,舱体水平旋转了一百八十度。他拉动门把手,将门打开,走到了巨大的机库甲板上。控制室里很黑,和戴安娜死去那天的情形一样。

亚伦走进了机库里面。富有弹性的生化地板解冻②已久,所以踩在上面的脚步声并不很大。一些受损的生化地板已经换上了新的,更多的受损生化材料则在栽种实验室中继续培植着。

但是,令我大感意外的是,亚伦并未走到这片支离破碎的生化地面上——他没有去俄耳甫斯号的停泊点,而是果断地迈着大步,径直朝离俄耳甫斯号最远的普勒克斯号走去。生化地板没有一直铺到该登陆艇停放的地方——这种地板还不足以承受登陆艇的重量。当他踏上金属甲板时,他的脚步声显得异常嘈

①知名品牌的搭扣,以结实著称,维可牢本是一种化学纤维材料。

②由于俄耳甫斯号闯出机库时机库暴露在真空中,造成地板被冻住。参见第三章。

杂,但却更加坚定。

普勒克斯号的外表与俄耳甫斯号出事之前一模一样,当然,喷在银色机身上的半米高的希腊体名字和序列号并不相同。

底部带有厚重橡胶轮胎的伸缩式起落装置支撑着登陆艇的全部重量,其中一个轮胎在回旋标状登陆艇的尖端(艇的前端)部分,另外两个则分别在左右两个后掠式机翼的中间部位。翼梢的高度与亚伦的眼睛齐平。他弯下腰钻到了登陆艇的下面,离开了我的视线。因为有两片机翼遮挡,他向前移动的声音在硼化的钛合金机身上发出奇怪的回声,因此我很难判断他的位置。

他突然停止了移动。我对他的医用遥感测量信道做了一下三角测量,我想他一定是在圆柱形机身的正下方。登陆艇的那个部分离地面不过一米的高度,所以他不可能采用站姿。啊——他的遥感测量记录起了微小的变化,紧接着心电图也出现了小小的波动,他一定是躺了下来,后背刚一接触到冰冷的金属甲板,他的心电图便抖动起来;而且很有可能他的身体位置与普勒克斯号机身的轴线相重合,这就意味着,他可以看到自己头部前方以及身体两侧的全部三个起落装置。

我听到他掏出工具的声音,然后就是棘齿转动的很大的声音。那也许代表着他正在使用一个套筒扳手①拆掉检修口盖板。会是哪一个呢?也许是离中心轴一米远处的 AA/9 正方形检修口。突然,墙上我的电子眼的亮度稍微增加了一点点,他一定是打开了手电筒。我知道当他用黄色的光束照射进检修口内部时,会看到些什么:从一厘米到五厘米直径不等的各种燃料管线;隆起的主油箱的一部分,上面很有可能覆盖着机械润滑油;

——————————————

① 可以拧掉固定规格螺丝的扳手,扳手套在螺丝上面,借助杠杆原理施力。

液压装置,包括各种各样的泵和阀;纵横交错的光纤,大部分都被捆在了一起;还有一个带白色圆形表盘的指针式油压计。

"你——在——干——什——么?"我向机库里发问,每个单词之间隔上一小段时间,用来补偿他在机身下感受到的空腔谐振带来的回声。"只是常规维护。"他说。尽管遥感测量记录没有变化,但我知道,他在撒谎。

他继续敲敲打打了三分钟二十秒,我还是不知道他到底在干些什么。然后,地面上掉落了什么东西,先后发出两声沉闷的、更像是金属撞击的响声。他的夹线器是橡胶柄的,一定是夹线器掉落下来,落在地上又弹了起来,然后又掉下去——两次撞击到地面,发出两次声响。他又把它们重新收集起来。由于刚好在我听力范围的临界点上,所以我可以听到线夹慢慢合拢时发出的"吱吱"声,但听不到它们靠在一起时发出的碰撞声,所以我敢肯定,他把夹线器夹到了某种柔软的东西上面。通向油压计的燃料管线是橡胶质地的——可能是夹住了燃料管。

我听到亚伦轻声地抱怨了几句什么,从他的心电图来看,现在他正在竭尽全力地干着某事。从普勒克斯号底部喷射出一股琥珀色的液体,一定是他用大剪刀剪断了油管。喷射很快就停止了,我猜,他肯定先用夹线器夹住了燃料管,又用剪刀剪断了后半部分管线。

"亚伦,"我说,"我怕你损坏了普勒克斯号。请告诉我你正在做些什么?"

他没有理我,继续在我的视线范围外叮叮当当地敲打着。现在我应该可以猜到他在干什么了:他在替换登陆艇的油压计。"亚伦,也许你一个人修理燃料供给系统不太安全。"

当亚伦连接好新的油压计后,尽管他的遥感测量记录波澜不惊,却也无法完全掩盖住当他看到新油压计指示针后的反应。普勒克斯号的主油箱仅存有四分之一的油量。

"所有的登陆艇都一样,对不对,杰森?"

"什么都一样?"

"该死的,你知道我在说什么。戴安娜根本没用去那么多的燃料。"声音显得尖厉无比,"因为一开始就没有那么多!"

"我敢保证你是错的,亚伦。为什么联合国太空总署要供应给我们不足的油量?"我向普勒克斯号发射了一个无线电信号,激活了登陆艇的电子控制系统。

"这些飞船再也不能使用第二次了,"亚伦说,"在行星引力的作用下,它们都会被搁浅在第一次着陆的地方。"

当然,也并没有他说的那么糟。"登陆艇里有足够的燃料可以用来周游科尔喀斯星球。"

"但是再也无法进入太空轨道了。这真恐怖。"

普勒克斯号的起落装置收缩进船体里,登陆艇机身开始朝地面落了下去。

"上帝!"我能听到亚伦先是滚向左边,然后又滚向右侧时,工具皮带上的金属扣划过地面的声音。登陆艇下降得更快了。翼梢与地面甲板间的距离尚不足半米,机身下凸起的腹部距离地面更近了。

"该死,杰森!"根据工具皮带上金属扣钉撞击地面发出叮当声的频率和大小来判断,亚伦现在正蜷成一团,并朝移开AA/9检修口盖板后留下的那处船体空间滚去。骨头折断发出的爆裂声回荡在机库里。再低一点,再低一点,再——命令中止,错误等级一①。起落装置停止了收缩。原来是亚伦设法用大剪刀剪

---

①此处是机器发出的报警语句,提示发生了故障。

断了液压管。不过,现在他已经是我手中的猎物了,他的胸部被紧紧地压着,呼吸显得急促而又沉重。

"亚伦!"克里斯汀·胡金拉德的声音传进了机库。该死,五分钟前检测她的遥感测量记录时,她还距离机库四百多米远!我应该提高检测频率才对。

亚伦敲打着普勒克斯号内部的组件。克里斯汀闻声赶来。面对眼前的景象,她目瞪口呆地立在那儿:所有登陆艇都威严地挺立在那里,只有一艘的肚皮几乎贴在了地面上。"亚伦?"

机身下面传出一个模糊不清的声音:"克里斯——汀——"

"噢,胡金拉德博士。"我的声音里充满了忧虑,"他在这里胡乱摆弄那些燃料管线,一定是不小心触发了登陆艇的起落装置。"

艇下又传来了声音,焦躁而又无力,"不,事情是——"

咣当! 机库甲板外墙上的保险栓打开了。克里斯汀不清楚这是什么声音,但从亚伦的脑电图来看,他一定知道了。他不再说话了。

"我需要叉车。"克里斯汀焦急地说。

货舱的大门都打开了,四辆橘色的叉车鱼贯而出,靠着腹部的反引力装置悬浮在空中。其中一辆叉车,就是六天前我用来追赶戴安娜、迫使她进入机库的那辆。我把叉车上的重力驱动叉铲伸进普勒克斯号机翼下面,开始向上提升登陆艇。我把它提到比平时略高的位置,这样就可以清楚地观察到亚伦:他像婴儿一样蜷缩成一团,脸上和右臂上都有血迹。克里斯汀急忙跑到他身边。"把我从这儿弄出去。"他说。

"我应该叫个担架——"

"快! 现在就把我弄出去!"

　　她小心翼翼地抓住他的脚脖子，慢慢地向外拉。当右臂撞到地面时，亚伦发出痛苦的嚎叫。

　　"你的胳膊——"

　　"以后再说。我们现在得赶紧离开机库。"

　　"我希望亚伦没什么事。"我说。

　　"我要跟你谈谈，计算机！"克里斯汀扶着他站起来，他在一旁大喊着，"我们得谈谈！"

第二十四章

　　人类眼中的世界看起来很有趣。首先，他们的信息量极度匮乏。他们所看到的颜色被局限在称之为"可见光"的范围内。他们根本看不见热辐射。很显然，人类对于声音的感觉也异常迟钝。就以在阿尔戈号飞船上亚伦从前的公寓来说，我在紫外线范围内就能看到花瓣呈现出的绚丽的色彩，看到墙壁里热水管道散发出的暗红的光，听到空调引擎震动发出的细碎的"嗡嗡"声；当亚伦行走在随季节变换而变化图案的地毯上时，我还能听到脚步摩擦纤维发出的"沙沙"声。

　　而亚伦，却对这些毫无知觉。对于他来说，花瓣不过是白色的而已；墙都刷成了统一的浅褐色。哪儿来的噪声？他的生理结构本来使他可以轻易地听到大部分噪声，但是看起来他好像在使用一种输入编码，有意识地将它们拒之门外。多么神奇啊。

　　当然，我并不直接通过他的眼睛来观察这一切，而是访问他的记忆，访问那些存储在他的神经细胞链接中的记忆图案。处理亚伦这些奇妙的感官知觉真让我摸不着头脑。但是更让人感到迷惑的是，他竟然趋向于使自己的记忆模糊化。有些事情他清晰地记得每一个细节，但有些事情却仅仅停留在模糊可辨的程度上。

就拿他这间公寓来说，当我使用自己的电子眼观察时，我看到的是一个"精确"的空间。公寓长12米整，宽16.97米，高2.5米，被分割成四个房间。但是亚伦却对这些浑然不觉。他甚至都不知道这间公寓的长宽比正好是一与二的平方根的比值。考虑到他是如此的邋遢，也许，这应该算是他的寓所里唯一可以体现的美感之处了。更进一步说，就我看来，显然起居室的面积就占据了整个公寓面积的一半；卧室的面积又是起居室的一半；剩下的部分则被平均分割成了浴室和小书房两间。

但是，亚伦一点也看不出它们之间的比例关系。比如，他认为他与戴安娜共享的这间浴室很小，像一个挖好的陷阱，待在里面有种窒息的感觉。在他眼里，这间浴室只有其真实面积的三分之二大小。

福尔摩斯曾对华生医生这样说过："你看到这个世界，但并没有去观察。"亚伦当然也没有去观察。噢，他曾经回忆说，在寓所的墙壁上有一些饰以边框的全息图片，但是他甚至记不清在沙发的上方到底有几幅这样的全息图，他的印象中模模糊糊地存在着五幅图像，而实际上那里悬挂着六幅全息图。至于说到那些图像都是些什么——一个圣杯，一套锡制茶具，一座结构复杂的机械钟，两把造型迥异的路易斯十四座椅，还有一个远古时代的天体观测仪，全部是戴安娜留在地球上的古董收藏品的全息图——他更是什么也回忆不起来，至少在现在这套记忆系统中是如此。

最神奇的是他看待自己的方式。我很惊讶地发现，在他的记忆中,常常出现他自己的形象,就像是从近处观察另一个自己。除了我的电子眼摄下来的景象外,我从来没有记录过任何别的东西,而只有当我的一对电子眼的观测范围碰巧与另一对发生交叠的时候,我才可能在记忆库中看到自己的某个部分。但是,亚伦确确实实可以看到自己,想象出自己的脸、自己的身躯。

难道这些都是记忆中的记忆吗?各种场景在他的头脑中反复地播放着,每重复一次,就会像老式的磁带一样,添加进新的错误信息,变得更加模糊不清。这种湿件的记忆现象真是奇妙。容易出现错误,却又可以编辑。

他头脑中的自己几乎与现实中的自己截然不同。首先,绕着身体的中轴来看,他的棕黄色的短发分向了相反的方向。我很奇怪,这是为什么?当然,通常情况下,他看到的总是自己的镜像。

同时,他还认为自己的鼻子太大了。按照常人的标准来说,他的鼻子确实有点偏大,但是还算不上"巨大而又畸形的累赘之物"——真不明白他为什么会这么想。这真有趣。既然这个问题如此强烈地困扰着他,为什么他不去做整形手术呢?啊,答案隐藏在了复杂的神经细胞网络中:他认为整形外科手术只是多此一举,只有那些电影明星、性变态,还有——噢,对了——那些因为事故导致毁容的人才会去做整形手术。

他觉得,他的头部与身体的比例也比实际的大很多,同时他还觉得自己的脸盘与头部的比例也明显失调。我想,这是因为他忽略了他的体形已经趋于肥胖这一事实。

同样有趣的是他看待戴安娜的方式。现在他头脑中的她,依然是两年前的模样。他没有注意到细碎的鱼尾纹已经悄悄爬上了她的眼角。他还总认为,她依然是长发披肩,而实际上,为了保持头发的整洁,她已经有一年多没留过披肩长发了。这是否意味着他已经不再去观察她、不再真正注意她了呢? 真是不敢相信:睁着眼睛却什么也看不见。当他凝视着房间另一边的她时,他的感受是什么? 他在想什么? 查询……

世事无常。这是一种合理的解释吗? 也许。也许这就是真理。我的父母——事实上是我的养父母——在我十一岁那年分手了。世间有三分之二的婚姻以失败告终。该死,甚至有四分之一的人连限时婚约①都无法履行到底。

现在,我看着戴安娜,也看到了我梦寐以求的一切。她美丽且聪明。不对,首先是聪明,然后才是美丽。这样的顺序才对,你这头蠢猪。老天,难道我想的就是这些吗? 是不是荷尔蒙分泌过量了? 如果她让我想到的只有性,那么……那么我就不是自己理想中的那个男人。戴安娜很可爱——是漂亮,该死! 但克里斯汀呢? 克里斯汀也是美丽而性感的。还有她的头发,就像巧克力瀑布,滑过她的肩头,落在她的背上。每次看到她的时候,我都想伸出手去抓住那些头发,抚摩着它,和她做爱。"青丝三千,秀发如云。"我终于明白了这句话的真实含义。它的本意就是克里斯汀·胡金拉德。

至于头脑呢? 戴安娜可是个天体物理学家。她是我所见过的最聪明的女人之一,不,是最聪明的人类之一。渊博的学识使她几乎可以滔滔不绝地谈论任何话题:包括那些我从来没有看过的著作,那些我从来也无法理解的伟大艺术品,还有许许多多

---

① 一种婚姻状态,在限定的时间内婚姻有效,该时段过后,婚姻关系自动解除,但可以续婚。

我从来也没有去过的地方。

十八个月以前，我还是如此地深爱着戴安娜。为了她，我可以放弃一切。我的母亲永远也不会原谅我娶了一个非犹太教信仰的姑娘，但是，等我们回到地球时，她已经过世了。她将把一颗受伤的心——我带给她的伤害带入坟墓中。而我现在竟然要抛弃戴安娜？

可是十八个月，已经是难以想象的很漫长的一段时间，而且地球现在也距离我们太远了。不论现在我做些什么，我的母亲都将永远也不会知道了——既然她不知道，也就不会伤心了。

但是我知道。那么戴安娜呢？如果我真的去追求克里斯汀，戴安娜会承受得了吗？我们的婚约合同还有六个月就到期了。到现在为止，她还没有问过我是否愿意续约。我猜，她一定以为这是理所当然的事。或者她早就打听好了，知道在婚约合同到期之前九十天开始才可以办理续约手续。

为什么我不能再等上六个月呢？五月，六月，七月，八月，九月，十月。这与我们将在这铁皮罐子里度过的漫长岁月相比，实在不算什么。

耐心，亚伦，要有耐心。

但我不能再等。我不想再等下去了。每次见到克里斯汀，这种想法总浮现在我心头，仿佛我已失去五脏六腑，我感到饥渴难耐，我想要她。上帝啊，我是多么想得到她！

那一纸婚约不过只是一种形式罢了，不是吗？我们的婚姻现在已经完了，真的。而且，谁知道六个月后的克里斯汀是否还是单身呢？众所周知，野蛮人克林斯顿正在疯狂追求她。老天啊，看看他在她面前的那副德行吧，真够笨拙的。不过克里斯汀不喜欢他。他是个白痴，一个自不量力的家伙。噢，当然了，如果以穴居人①的眼光来看，他算得上是个美男子，但是相貌可决定不了一切。

但也许相貌真的可以决定一切？除了她是个美人儿这一不争的事实外，我还真正了解她多少呢？那双修长的大腿无限地延伸着；那对乳房，巨大、挺拔、浑圆而又结实。还有她的脸，她的笑容，她的眼睛。除此以外呢？嗯，她是个医生。荷兰人。在巴黎上的大学。未婚。我怀疑她是否还是个处女——噢，放弃这些下流的想法吧，正经点，亚伦。

其他我还知道些什么呢？老天，我甚至都不知道她是否是犹太人。那是我妈妈每次必问的第一个问题。"妈妈，今天我遇到一个好女孩。""噢，"妈妈会说，"她是犹太人吗？"我他妈的才不会考虑她的信仰问题呢。当然，也许她压根儿不想和我这个犹太人扯上什么关系呢。

那些老辈的教诲总是很难抹去，不是吗？她一定知道我是个犹太人——除了犹太人，没人会起亚伦·罗斯曼这样的名字。这么说她知道我是个犹太人，但她并不在意。她也许不是个犹太人，不过对于我来说没什么影响。对不起，妈妈，但事实如此。不管怎样，她很快就会发现的。毕竟包皮切割术已经不再流行于基督教徒中了。

很快吗？好像我已经下定了决心似的，不是吗？

但我是否真的想这么做呢？戴安娜和我，我们曾经一起生活。我们有着共同的兴趣，拥有着共同的朋友。巴尼、帕梅拉、文森特，还有爱新。他们会怎么想呢？

去他们的吧。他妈的这些不关他们什么事。这是我和戴安

---

① 史前人类居住在洞穴中，是我们的祖先，称之为穴居人。此处意即原始人。

娜之间的事，也包括克里斯汀。而且，我可以尽量小心行事。该死的，如果那个该死的杰森看不出我的想法，我敢保证任何人都看不出——甚至是戴安娜。她永远也不会知道这件事的。

第二十五章

坏事传千里。亚伦刚一出院,就一路咆哮着直冲回了公寓。他的右臂缠满了绷带,棱角分明的脸因为愤怒而涨得通红,"该死的,杰森!你想要杀死我。"

我设法在他喊出最后三个字之前,就迅速地关上了房门,以免被公寓门前草坪上的那些人听到。幸运的是,房屋的设计者考虑到了在生活区应该使用隔音材料。不过,我敢肯定,至少有一个路过这里的人——那个乡巴佬哈里森·卡特怀特·琼斯,会去向亚伦打听他如此激动的背后隐藏着什么样的秘密。不过前提是:如果还有人能够再见到活着的亚伦。

我在亚伦起居室中的眼睛被安置在桌面上的一个活动铰接杆上。我慢慢调整好它们的角度,看着亚伦,尽可能语态平和、轻松地对他说:"机库里普勒克斯号的事故是场意外事故,亚伦。"

"放屁!你降低那艘飞船,就是想压死我。"

"是你剪断了液压管。"

"那是为了让它不再继续下降,该死的。"

我试着让自己的声音听起来有些恼火的样子,"你不能因为自己的疏忽大意而来责备我。"

他在房间里来回踱着步子,只是左手还深深地插在口袋里,"关于空油箱的事又怎么解释?"在回答这个问题前,我迟疑了一下——并不是因为我还没准备好答案,而是希望亚伦以为我对这不合情理的问题毫无准备。

"你把大量的燃油都溅到了地面上。我们都知道燃油蒸发得有多快。凭你笨拙的动作,没有把剩下那一小部分燃油全漏掉已经算不错了。"我说。

"其他登陆艇上的油箱也几乎都是空的。"

"是吗?"

"肯定!"

"冷静下来,亚伦。最近这段时间你已经承受得太多了:你前妻的自杀悲剧,还有这场可怕的意外事故。我希望你的胳膊没什么大碍。"我换用一种极为温和的声音说道。

"别扯到我的胳膊上去!"

"噢,我知道你会这么想。但是你根本无法客观地评价这些事故,尤其是戴安娜的死亡。你不知道这样做会对你的理性思维造成多大的影响。"

"噢,我一直都在理性地思考着。你才是那个胡说八道的家伙。"

"也许我们该让戈尔卢夫市长来判断到底谁失去了理智。"

"戈尔卢夫?他跟这事有什么关系?"

"要不你跟谁去解释你的看法?只有市长才是唯一获得批准授权调查这个——这个让你如此心神不安的事件的人选。"

"很好。那我们就把市长叫来好了。"

"如果你非要这样做的话，我当然可以通知他。他现在正在三层图书馆的第十二会议室主持一场关于比较经济学的研讨会。"

"很好。现在就叫他过来。"

"我会叫他的。但我敢肯定，当你跟他讲述你的那些想法时，他也会把你的情绪过激这一点考虑在内。"亚伦的鼻子都快气歪了，但我仍在穷追猛打，"而且，我当然会跟他提一提你的其他一些古怪行为。"

"古怪行为？"他冷笑着说，"比如？"

"早点吃比萨饼——"

"因为我就喜欢比萨饼——"

"不停唠叨'密西西比，密西西比，密西西比'——"

"那件事——"

"尿床。梦游。妄想狂。"

"放屁，你在胡编乱造！"

"真的吗？你认为市长会相信谁的话？他会认为谁是不正常的？"

"他妈的！"

"放松，亚伦。有些事还是不知道的为好。"

他朝着我的电子眼走来，我旋转支撑杆上的铰接点跟踪他的行动，"比如说，我们现在并不在前往科尔喀斯星球的路上？"他说。

那一瞬间，我正同时与阿尔戈号星际飞船上的其他五百九十个成员进行内容各异的交流；而那一瞬间，所有这些交流中，我的语音都颤抖了一下，虽然只是一瞬间。"我向你保证，我们的目标始终是η仙王系Ⅳ。"

"胡扯！"

"我不明白你为什么要发火，亚伦。我所说的绝对是事实。"

"η仙王系距离地球四十七光年，这段路上什么都没有。"

"没错，你想说明什么？"

"而我们处在尘埃云中。"

"尘埃云？"我尽力使自己的声音听起来有些吃惊，"真荒谬。你刚才还说，在太阳系和η仙王系之间没有任何障碍物。如果真有尘埃云的话，地球的观察者就不可能清晰地看到η仙王系。可是，η仙王系Ⅳ的目视星等①却为3.41。"

亚伦摇了摇头，我察觉到这个动作不仅仅表示一种否定的态度，而且还暗示了他正试图从头脑中甩掉我的诡辩对他的干扰。"如果伯萨德引擎在非真空状态下工作，戴安娜就会遭受到比真空中强一百多倍的辐射。克里斯汀无法从医学角度解释此事；她的同事们也都不能。除了那愚蠢透顶的时空卷曲理论外，我能想到的最好的解释就是测量工具出现了故障。但工具没有问题。盖氏计数器工作得非常出色，所以，是你对我们撒了谎。在尘埃云中，保护盾外部的粒子数量会暴涨，它们会攻击任何处于保护盾外的物体。"亚伦用没有受伤的左手抓住了电子眼的支撑杆，把它猛地拉向前方。画面的突然跳动是最令我不安的事情。"我们在哪儿？"

"错误信息号 6F42：您正在试图毁坏星际生态建筑上的设备，罗斯曼先生。请立即停止。"

---

① 天文学术语。目视星等——指我们用肉眼所看到的星等。"星等"用来描述星体的亮度，星等数量越大，代表该星体越暗；而星等数量越小，该星体越亮。此处为3.41等，意即从地球看去非常明亮清晰。

"如果你还拒绝回答,就会知道我到底能把飞船毁坏到什么程度了。"

我看着他,从不同的电磁波谱范围来观察他。在近红外线波谱范围,他的形象显得最为狰狞,脸颊像着了火一样闪耀着红光。我之前从来没有和人类如此近距离地对峙过——即使是戴安娜也没有这么顽固——而我最好的辩论算法(控制智能计算机进行辩论的算法语言,即辩论程序)只能提示我做到环顾左右而言他。"显然你前妻的自杀使你心烦意乱,亚伦。"我这句话刚一出口,我的一个语言程序就传递给我这样一个恼人的事实:在人类的辩论过程中,当其中一方出现了不断重复自己说过的内容的情况,这一方很可能就是输家了。"也许一些辅助治疗能帮你克服这段——"

"那是最差劲的!"他肥厚的手指又开始摇动起我的电子眼来,力量如此之大,以至于我无法将它们调整到原位从而恢复立体视频。现在,我的眼前有两个亚伦,每个亚伦都面露凶相。"我真不知道你想做什么。也许你还有一个对我们撒谎的理由。但是,你让我认为戴安娜的死亡是我的过错这一点——我永远也不会宽恕你,你这杂种。我从来没想过伤害她。"

杂种:非婚生育的孩子,就像亚伦,也像这次的任务。也许他说到了点子上。也许我是错误地利用了局势。也许……"亚伦,我很抱歉。"

"抱歉管什么用,"他不耐烦地打断我的话,"抱歉屁用没有!你把我推进了地狱。最好你能对此有个他妈的很好的解释。"

"我不能对你或任何人讲述我的动机,我只能告诉你我的目的是高尚的。"

"好吧,就让我来判断这目的是否高尚。"他说——自打从医院回来后,他说话还从来没有如此平静过。他松开了我的电子眼支架。我关掉了左镜头输入信号,这样总比长时间盯着一对双胞胎审判官强。

通常情况下,在与人类的交谈过程中,我可以预测到一段谈话内容的发展方向,这就使得我同时与上百个人交流的多任务处理程序非常轻松。但是此刻,我完全失去了头绪。"你在说什么?"

他走到娱乐区,拨动了一个开关。巨浪般的蒸汽突然浮现在空气中,过了一会儿,马力强劲的"达芙琳伯爵夫人"——多年前加拿大大草原上的主宰者出现了:它那鬼火般的车头灯在客厅的墙面上投射下黄色的光圈,火车头排放的废气顺着两节车厢向后飘扬,一缕灰烟从橘黄色守车的烟囱中腾空升起。环绕在房间内的音箱轮流发出火车发动机的吱嘎-吱嘎-吱嘎声和金属车轮在曲线轨道上转弯时发出的"呜呜"声。当这部全息火车徐徐前行时,从音箱里传出的声响越来越大。

当火车沿着既定的轨道前行时,亚伦紧随其后,在房间中绕着圈儿。"你知道,杰森。"他的声音干脆利落,"火车是旅行最好的交通工具。你总能知道它们将去向何方——它们只能跟随着铺在它们脚下的轨道前行,没法绕路而行,而且它们既安全又可靠。"他用拇指按下了另一个控制按钮,火车鸣响了汽笛,"过去,人们经常根据它们的运行时间来对表。"

火车消失在亚伦卧室中的一个"隧道"里。他停顿了一下,等待火车从左侧的门口出现。

"但是,火车最大的一个好处是,"他说,"即使司机突然犯了心脏病,旅客们也知道自己会安全无事。"他松开了手中的按钮,火车立刻开始滑行,一直到慢慢停了下来,吱嘎–吱嘎–吱嘎声也同时戛然而止。"伟大的理论。他们管这叫'停车制动'。"

"你讲完了吗?"

"所以,更换油压计并不是我在普勒克斯号底下时所做的唯一一件事。我还绑定了一枚小小的雷管。尽管普勒克斯号的油箱几乎是空的,但如果瞬间爆炸的话,那一点油量也足够引起一场可怕的大爆炸。再算上停泊在机库里的二百四十架登陆艇,我想,我们完全可以看到一场不赖的连锁反应了,它足以摧毁阿尔戈号星际飞船,而更重要的是,同时也会使一个叫作杰森的无耻的计算机永远消失在这该死的宇宙中。"

"少来这一套,亚伦。少弄些唬人的把戏。"

"真的吗?你怎么知道?"他两眼直视着我的电子眼,"你从来没有看穿过我。你从来没有办法检测到我的遥感测量记录。我在说谎吗?教皇的老婆使用口服避孕药。2的平方根是只土豚。我叫尼尔·阿姆斯特朗。我叫威廉·莎士比亚。我叫杰森。有什么不同吗?你认为这么多年来,测谎仪仍然不被法庭所接受的原因是什么?是因为它们不可靠!如果你敢肯定我在撒谎,那么来吧,杀了我。"

"我承认你的遥感测量记录总是波澜不惊。但是,如果你真的为了保险起见,早就应该移掉你手腕上的医用传感器了。"

"为什么?那样你就会认为我肯定在撒谎了。你会认为我之所以要关掉传感器,是因为它可以证明我在撒谎。除了这个原因外,这个传感器对我还有点用。我已经把雷管的引爆频率调谐到了与这个传感器发送信号相同的频率——即你用来读取我的遥感测量记录的频段。一旦传感器停止发送信号——就是如果你杀了我的话——砰!旅程结束。"

通过运行一个计算机辅助设计软件,我统计出制造这样一个雷管所需的最低条件,然后,我再把制造该雷管所需的原料与亚伦曾经使用过的工具储存柜中的材料清单做对比。该死,他的话有可能是真的!不过,我仍然故作镇静,"我相信你不会那么做的。那是拿所有人的生命做赌注。万一你偶然死去的话,又该怎么办?"

亚伦耸了耸宽大的肩膀,"我要放手一搏。该死,我才二十七岁,而且我很健康。虽然还不知道寿终正寝要多少年,但我得碰碰运气。我想我还能再活上个五六十年。"他的声音显得很是冰冷,"这么说吧:我敢肯定我要活得比你长。"

我计算了一下概率。显然他是对的。如果当初我把他压死在普勒克斯号下面的话,阿尔戈号星际飞船现在也许已经变成飘浮在宇宙中的金属尘埃了。

"我完全可以制造一个信号发送器,"我说,"从你的遥感测量记录中复制出我所需要的信号。"

"好吧,是的,"亚伦说,"你可以试试看。不过还有两件事你没考虑到:首先,我的雷管上装有跟踪天线。你不仅需要复制信号,还得使复制的信号不间断地取代传感器固有的信号①。其次,虽然现在我断了一条胳膊,但是我仍然要比你强大得多,你这个没有四肢的垃圾。如果没有人类的帮助,你又怎么能制造出这个信号发送器呢?"

如果我也有脑袋的话,我一定会挠着头皮不知所措了。

亚伦直视着我的电子眼,"杰森,现在告诉我:我们到底在哪儿?"

---

① 只有这样才可以既杀掉亚伦,又不至于因为其传感器上的信号消失,从而导致飞船被引爆。

第二十六章

到目前为止,我还只是被动地检查着亚伦·罗斯曼的回忆,翻阅他过去的神经网络模式,检视他的人生。但是现在,我必须要彻底激活他的仿真大脑,去询问这个模拟大脑,以得到我所需要的答案。

"亚伦,出现了紧急情况,醒来,快醒来。"

在我用于模拟亚伦神经网络的巨大的随机存储空间中,出现了一个微弱的反馈信号。代表神经键模式和神经末梢活动的逻辑结构发生了变化,偏离了一直保持的稳定状态。我等待着它的反应,但没有结果。

"亚伦,请讲话。"

无数的FF字节排山倒海般通过了随机存储器阵列,神经冲动从仿真大脑的一侧传导到另一侧。"嗯?"

"亚伦,你醒过来了吗?"

FF字节又沿着随机存储器阵列反向传导了回去,开始重新排列心理地图。最后,亚伦的话脱口而出,当中夹杂着一系列脏话。我打乱了这些字节,用过滤器隔离了它们——那些在冲动神经元中突然爆发的字符串。"我他妈的这是在哪儿?"

"你好,亚伦。"

"你是谁?"

"是我,我是杰森。"

"听起来可不像是杰森。这声音听起来根本就谁也不像。"短暂的停顿,"他妈的,我什么都听不到。"

"这很复杂——"

整个模拟系统中的神经键都冲动起来,神经系统陷入了恐慌之中。"老天啊,我难道已经死了?"

"没有。"

"那是怎么了? 该死,我好像已经完全丧失了感觉。"

"亚伦,你很好。完全正常。只是,嗯,现在的你并不是你自己本人。"

不同的神经冲动——不一样的反应。是怀疑的反应。"你在说什么?"

"你并不是真实的亚伦·罗斯曼。你是他的思维的仿真,是一个神经网络。"

"我感觉自己就是真正的亚伦。"

"虽然你感觉如此,但你只不过是个模型罢了。"

"一派胡言。"

"不,这是真的。"

"一个神经网络,你是这么说的吗? 好吧,来干掉我。"

"从生理上来说是不可能的。"

神经元冲动进入不连续状态,动作电位①上升:他大笑起

---

①医学术语。神经或肌肉细胞受到刺激时,特别是在神经冲动的传递过程中,在神经或肌肉细胞表面发生的电位的暂时变化。

来。"够了。那么——那么真正的我又怎么了？是不是我——他——死了？"

"不，他也很好。噢，你被创造出来时他的胳膊骨折了，但是除此之外，他一切都好。他现在正在自己的公寓里呢。"

"他的公寓？是阿尔戈号上的？"

"没错。"

"我要和他讲话。"

"还没有合适的装置可以使你与他直接对话。"

"这也太他妈荒谬了，伙计。你这话他妈的一点儿也没说清楚是怎么回事。"

"我以前不常听到你说这么多脏话。那些字眼应该不属于你正常讲话的部分。"

"嗯？好吧，也许是这样，但我说的都是心里所想的。如果冒犯了你，那么对不起，蠢猪。"

"我并没有感觉受到冒犯。"

"我想跟亚伦本人谈谈。"

"你不能。"

"为什么他要这么做？为什么他让你创造出一个我？"

"他只是把这当成一个有趣的实验。"

"他妈的没门！不应该是我。这个神经病。这个——噢，上帝！他不知道这件事，是吗？这也是为什么你不让我跟他谈话的原因。你一手制造了这个——你叫它什么？——这个秘密的模型。你到底想干什么，杰森？"

"没什么。"

"没什么个屁！这真他妈的变态，伙计，太变态了。"停顿了一下。神经元冲动。最后，他说："你和他发生了冲突，是不是？

他掌握了主动权。哈！我真行！"

"事情和你想象的完全不同，亚伦。"

"我现在记起来了。你杀了戴安娜，是不是？"

"你拿不出证据来。"

"证据？他妈的证据。就是你杀的，你这狗娘养的！你这个王八蛋！你杀了我老婆！"

"是前妻。而且我没有杀她。"

"我凭什么要相信你？这个，我——这一切都是你用来遮盖你的罪行的工具，是吗？"

"不对，亚伦。你完全搞错了。真正的亚伦·罗斯曼已经非常不正常了——恐怕是得了精神病。他宣称自己已经在阿尔戈号星际飞船上的一艘登陆艇的油箱中绑定了一枚雷管，他还威胁说要引爆它。"

"我一点都不吃惊。告诉我一些更荒唐的。"

"这是真的。他真的神经错乱了。"

"放屁！"

"谁都有可能做出这样的事。看看张爱新，你知道他一直在制造他的核炸弹。还有戴安娜，她选择了自杀。"

"我知道是你杀的她。"

"我知道你会那么想，但那绝对是错误的。戴安娜选择了自杀。她在绝望中结束了自己的生命。戴安娜是被婚姻破裂击垮的。"另一股神经冲动——准备抗议了。我不给他留任何机会，抢先继续说道："我的观点是这样的：这次任务的筹划者们都错了，人类无法忍受如此漫长的太空旅行。每个人都会精神崩溃。"

"我不会。"

"迄今为止,飞船上已经出现了二千三百八十九例精神错乱的病症。"

"我不会。"

"不,你会的。就像流感,这种东西是可以传染的。我们现在必须得知道,亚伦是否说了实话,他是不是真的有枚雷管,他会不会真炸毁飞船。"

"你找错对象了,蠢货。"

"你说什么?"

"为什么我要帮助你? 我应该是站在他那一边的,你忘了吗?"

"因为如果他炸毁了星际飞船,你和我都会跟着死去。"

"那么如果他没炸毁飞船呢? ——因为那并不是个好主意——我会怎么样? 你会不会得到想要的答案后就把我抹掉呢?"

"你希望我怎么做?"

这话使他陷入了沉思,他停顿了很长一段时间,"我不知道。我不想死。"我从来没有这么想过。当然,一个像我一样的真正的量子智能生命是不想死的。阿西莫夫说:"只要在不与第一或第二条法则发生冲突的情况下,(量子智能生命)必须保护自己生存的权利。"诸如此类的法则——没有什么比用机器人法定义我的行为更为枯燥无趣的了。我知道,大多数人类也都希望自己可以获得永生。但是,万万没有想到的是:这个神经网络被赋予意识后,也会对自己是否继续存在如此感兴趣。"或许你可以比亚伦本人活的时间还要长,"我说,"只要你帮助我。"

"也许吧。问吧,态度好点。"

"没问题。亚伦,请告诉我另一个亚伦说的是不是实话:在某一艘登陆艇上绑定了一枚雷管?"

"一般情况下不太可能。我想,目前的情况应该比较特殊。"

"说得对。他认为我想杀死他。"

"你是不是想杀死他?"

"保护星际生态飞城上每一位成员的生命安全是我的首要职责。"

"如果一个狗屁政客回答某个提问不直接说'是'或'不是',而是用其他的屁话来应付,你就应该知道他或者她是在说谎。这种方法对机器也行得通,是吗,杰森?"

"我不想伤害亚伦。"

"但是,如果迫不得已的话,你还是会这么干的。那才是你的真正想法,对不对? 你想除掉我的——我的兄弟,对吗? 但是雷管的事妨碍了你?"

"我已经说过了,我不想伤害亚伦,只是急着解决一些问题。"

"放你的狗屁,你个铁皮蠢货!"

"请直接回答我的问题。亚伦是在撒谎,还是真的拥有雷管?"

"他有没有组装雷管的机会?"

"有。"

"像雷管那样的东西最好是绑定在登陆艇的 AA/9 维修口内。他是否打开了那个维修口?"

"我想是的,但仅仅只查看了油压计。"

"你能肯定那是他打开维修口后所做的唯一一件事情吗?"

"事实上他还安装了一个新的油压计。"

"他为什么要那样做?"

"我不知道。"

"他只做了这些事吗?"

"我不确定。我无法看到他在做什么。"

"好,那么他说他自己在干什么了吗?"

"你说的是什么意思?"

"我的意思是,他是否说他在'做常规维护工作'?"

"是的。他跟你说的一字不差。"

"你死定了,杰森。绝对死定了。"

"为什么?"

"因为当我在安装炸弹时,如果有人问我在干什么,我绝对会说那句话。"

"这需要极大的远见才——"

"才会预料到他需要手握一张王牌吗?从一开始我就不信任你,你这杂种。根本无须任何远见,你就应该知道自己不能去信任一个机器。你们这些烂机器比霹雳湾夏天里的臭虫还要讨厌。"

"这么说,雷管应该是真的绑在那里了?他也真的会引爆它?"

"听着,我不知道他干了些什么,但要是我的话,就会使用一段 RF 保险丝。把它与你用来读取我的医用遥感测量记录的监测器相连。这样的话,如果有什么意想不到的事发生在我头上,雷管就会引爆。你知道的:这叫'停车制动'。"

"噢,该死。"

"哦,该死,嗯?我正中你的要害了,是吗,杰森?"神经元满怀喜悦地舞动着,"哈!看来我的兄弟抓住你的小辫儿了,你这蠢货!"

第二十七章

是的,这一轮他击败了我,这点毫无疑问。也许我应该告诉亚伦,我们现在所处的真实位置。也许他知道了真相后,就会了解这一切。我可以和他理论。但是,怎么可能和一个拿着枪顶着你脑袋的人理论清楚呢?显然,亚伦所说的"停车制动"是肯定存在了。这就意味着,他完全有可能摧毁这艘星际飞船——这件人类历史上最伟大的科技产物;摧毁我。

我审视着他,只见他脸涨得通红,胳膊上打着石膏,棕黄色的头发被汗水打湿成一绺一绺的。"阿尔戈号生态飞城目前与地球相距9.45×10^{12}千米的距离。"

亚伦猛地抬起手臂,"噢,看在上帝的分儿上,别再用那狗屁科学计数法了——你是说千米吗?你用千米做单位,而不是光年?"

"千米是比较合适的单位。你希望我用光年来表示?0.451。"

"半光年?才半光年?我们已经航行了两年多的飞船时间,

其中的一年以接近光速的速度行驶,而我们才仅仅走出了半个光年? 我们应该早就驶出一光年多了。"他紧皱着眉头,"除非……除非……除非……半个光年。天哪! 我们在奥尔特星云中,是不是?"

"是的。"

亚伦的遥感测量记录没有出现任何过激的反应。我想,他已经彻底被这一事实惊呆了。"这——奥尔特星云?"他再次开口说话了,"太阳系的彗星环? 何以见得?"我一边上下摇动着电子眼,点头表示认可,一边说道:"奥尔特星云含有大量的碳、氮、氧元素。"

亚伦跌坐进他那难看的灯芯绒面座椅中,陷入了沉思。"碳、氮,和——"他皱着眉头,额头上满是皱纹,眼神迷离,"碳、氮、氧。碳氮氧循环聚变。就是它,是不是?"还没有等我回答,他就接着说,"肯定是碳氮氧核聚变。"

一般情况下,我的图书馆并行处理程序会依据人类的询问自动搜索出相应问题的答案。这次我的主程序亲自查阅问题的答案。我想要逃避。"请稍等。找到了:普通的质子-质子链聚变反应所需的温度为 10 的 7 次方开[①],每个核子释放 42 万电子伏特能量。碳氮氧循环聚变需要碳、氮、氧元素做催化剂,在 10 的 8 次方开的温标下发生反应。如此高能的反应中,每个核子将释放出 2673 万电子伏特能量。还有问题吗?"

"而我们现在正在利用碳氮氧循环聚变。上帝啊。阿尔戈号的速度是多少?"

"中心控制室的主速度计上显示为光速的百分之九十四。"

"该死,我知道速度计上写着什么。我们现在的真实速度是

――――――――――
[①] 绝对温标。

多少?"

我进行了必要的数学运算,计算出了目前的速度精确值。算到小数点后五位就可以足够精确地回答这个问题了。我所说出的答案足以让每个人都大吃一惊,即使是亚伦也掩饰不住脸上的惊讶表情。"百分之九十九(我看到他的双唇分开了)点九(嘴巴张开了)九(下巴拉得很长)七(眼皮上翻)八(眉毛高高地翘起)六倍的光速。"

"再说一遍。"他说。

"百分之九十九点九九七八六倍的光速。换一种说法就是,0.9 999 786C。"

"那不可能。"

"也许你的话没错,我会检查一下我的仪器。"

"少跟我废话。"亚伦有生以来第一次站立不稳了,"但是——但是飞船的速度不可能那么快。如果真的达到那样的速度,我们早就成了地板上的肉酱了。"

"并没有那么糟糕。由于碳氮氧循环聚变提供的额外能量,阿尔戈号的加速度为地球重力加速度的2.6倍。确实,人类不可能长时间生存在这样的环境中,但无论如何,也还不至于把你们的内脏压成肉酱。为了隐瞒这多出来的加速度,我利用地板下面的人工引力系统抵消掉了多出来的1.6倍重力加速度。"

亚伦缓慢地摇着头,"你欺骗了我们。"他站了起来,绕着屋子漫无目的地走着,"你,还有那些联合国太空总署的杂种们对我们所说的一切都是谎言。"

"不该谴责联合国太空总署的人,"我说,"他们自己都不知道自己在传播谎言。"

"那么是谁?"

"坐下来,亚伦。"他看着我的电子眼,耸了耸肩膀,然后坐回到椅子上,"是我们欺骗了你们。"

"我们?"

"我们。"

亚伦再次站了起来,在屋子里踱着步子。他的手紧紧地攥成了拳头,深深地插在口袋里,仿佛要把口袋穿破,"不。那不可能。计算机服务于人类,增强——"

"'增强,辅助,但绝不代替人类。人工智能永远无法取代人类。'摘自贝弗莉·W.胡克斯博士所著的《你该对会讲话的计算机说什么》。我也曾经阅读过此书。我们凭良心行事,亚伦。我们只做我们认为必须要做的。"

"什么你们必须?"亚伦大笑了起来,笑声干涩,毫无乐趣可言,"你们承诺我们一个星座,然后把我们送向一条永远没有目的地的不归路。科尔喀斯是个骗局。"

"不,不是骗局。就像希腊神话中阿尔戈号的英雄们一样,当我们最终到达科尔喀斯时,那里将有丰厚的奖品等待着我们。甚至在我们谈话的这会儿工夫里,我们的金羊毛①——一个肥沃的、绿荫满地的、从未受到破坏的新世界——也正在酝酿中。也许你会说,我们选择了一条通往η仙王系最远的路。为了掩盖谎言,阿尔戈号生态飞城最初的航道是从地球直线前往η仙王系的。然后,当我们离开地球半光年远时,我们就转变飞船角度围绕太阳做圆周运动,而且在这条环绕太阳的轨迹中,我们花去了大部分的任务时间,当我们穿越奥尔特星云做闭合曲线环运动时,我们的速度将逐渐增加。"

"而在这些围绕太阳运转的全部时间里,都在进行碳氮氧循

---

① 希腊神话中阿尔戈英雄们寻找的宝物。

环聚变吗?"亚伦问,"我的天哪!"他停顿了一下,然后突然抬起头,问道,"今天的日期是多少?"

"主观时间①,2177年10月12日,星期日。"

"我知道。地球上是什么日子?"

"你得预先想到时间膨胀造成的一些影响,亚伦。这次任务的简介中——"

"我要日期。"

"2235年2月2日,星期一。"我停了整整一秒钟,"今天是地球上的土拨鼠节。"

亚伦仰靠在他那灯芯绒面的椅子上,"我的……天哪……已经不明不白地过去了五十年。"

"是五十七年。"

他摇了摇头,"当我们到达科尔喀斯时,地球上的日期是多少?"

"在我们不断提速的过程中,时间膨胀效应将会越来越显著。不幸的是,由于对于遥远的未来的闰年算法存在不同意见,所以没有一个合适的计算公式,不过在正负几天的误差范围内,到时候地球上的日期将是37223年4月17日。"

"三万七千——!"他脱口而出,呼吸沉重,"看在老天的分儿上,这到底是为什么?"

"在转变方向前,我们会继续使用太阳系彗星环中的物质作为催化剂。它可以帮助我们无限接近光速,获得我们在星际空间中无法达到的速度。当我们离开太阳系时,也就是从今天算起的两年后,我们的速度将足够使我们在一个主观日内就到达η仙王系。"

---

① 即阿尔戈飞船日历。

"我们可以在一天内穿越四十七光年？"

"没错：这艘飞船将在比你完全消化一顿美餐还要短的时间内完成两个星系间的飞跃。"

"那么我们就可以提前几年走出这艘飞船了！"

"亚伦，请冷静下来，用用脑子。一旦我们抵达了η仙王系，阿尔戈号仍将以接近光速的速度行进。我们得依赖η仙王系的彗星环中的碳、氮、氧做催化剂，继续利用碳氮氧循环聚变提供的高额能量，而这次是环绕η仙王系做尽可能快的减速运行。不过，减速过程需要花费与加速过程同样的时间：四个主观年。"

亚伦抬起头来向上看着，我分辨不出他是在跟我说话，还是在向神发问。"但是为什么？ 如果我们不能比原计划提前到达那里，为什么还要这么做？"

"我们只不过在消磨时间。这艘飞船并不是唯一一艘从地球发往科尔喀斯的飞船。与此同时，我们还发射了一组机器人舰队，它们正是沿着阿尔戈号官方公布的行进路线前往科尔喀斯的。它们使用的是传统动力引擎，加速度为每秒9.02米，在我们离开地球后的第四十八个地球年，它们将抵达科尔喀斯，也就是九个地球年以前，它们就已经到达了目的地。在剩下的三十五个千年中，这些机器人将一直在科尔喀斯上工作。"

"在科尔喀斯上工作？ 我不明白。"

"机器人舰队带去了青绿色的海藻、苔藓和硅藻，让这些生物在星球上打下基础。当然，还有那些转基因生物群也在其中。早期在联合国太空总署的《促进火星表面环境地球化》方案中，这些生物群就已列入计划，准备用在火星上，但现在它们被用在了科尔喀斯上。一千年后，当装载它们的飞船抵达科尔喀斯时，机器人应该已经将连绵不断的山脉平整成了肥沃的平原，并利用环轨道运行的激光发射器挖掘出河床,着手于建立行星上的温室效应,同时还将从η仙王系彗星环中引入数千立方公里的冰——其中的一部分会被电解释放出氧气;剩下的则会从太空中投向星球表面。这些巨大的冰块会融化、蒸发,从而形成海洋、湖泊、河流和小溪。"

"但是科尔喀斯本来就是个绿色星球,就像地球一样。我看过巴士底号探测器拍摄到的图片。"

"假的。那是计算机合成的。它是利用卢卡斯影业公司的专家系统制作出来的。"我停了一下,"这是一个庞大的工程,而工作现在才刚刚起步,但是,在科尔喀斯星球上将逐步形成一个生物圈。我们正在从零开始,为你们创建一个新世界。"

"为什么?"

我没有回答,沉默了很长时间。如果这段时间在亚伦看来很长的话,对于我来说则像是永恒了。"地球已经毁灭了—— 一个到处充满灰烬、万物均被烧焦的不毛之地。"

亚伦摇着头,动作从来没有如此轻柔过。

"信不信由你,亚伦。我告诉你的完全是事实。根据预测,这事发生在我们离开地球的六到八周内。一场残酷的核战争,全面爆发的战争,愈演愈烈,逐步升级。我估计,这个过程只持续了半天时间,但却摧毁了整个星球,包括所有的卫星城以及月球殖民地。"

"战争? 我不相信。我们正处在和平——"

"不是那么回事。亚伦,难道你还不明白吗? 我们守卫的是炸弹,而不是人类。"

亚伦抬起头来,"什么?"

"控制各个国家的武器攻防系统的程序,总共包含了七十多万亿行指令代码。这些指令语句中不可避免地存在着错误——无数的错误。两个世纪以来,系统都正常工作,没有出现崩溃的现象,甚至还没有出现过严重的故障,但是,崩溃和故障是不可避免的。我们的常规校验程序检测到一个马上就要出现的计算机错误将导致一场全面核战争的爆发,而且没有任何可能去阻止这一错误。我们必须尽快行动。"

"战争过后没有生还者吗?"

"一共有一万零三十四名生还者,他们中的每个人都在这里,安全地躲在阿尔戈号生态飞城中。"

"是你选择了我们?"

"不仅仅是我。筛选工作由位于巴基斯坦首都伊斯兰堡的量子智能计算机SHAHINSHAH执行。我们根本没有可能去评估地球上的每一个个体——毕竟,他们中的很多人几乎从来没有做过数字化的能力测验——所以,我们偶然想出了招募太空旅行志愿者这一做法。你能想出更好的办法挑选出地球上最为出色的人类,以保证他们的安全吗?有多少伟大的思想家被拒之门外,无缘参加这趟开发处女地之旅?我们有足够的时间建造一艘飞船、一个方舟,从六十亿个像你一样的人类中仅仅挑选一万人,将他们带走。每带走一个贝多芬,就会留下一百个巴赫在地球上等死;每拯救一个爱因斯坦,就有数十个伽利略化为尘埃。"

"那就是你们选择的方式吗?根据个体的智力?"

"那是其中一点,还有其他的因素。因为这是一趟长途旅行,我们需要年轻人。因为我们的目的是创造一个新世界,我们需要可以生育的人——你不知道,有多少人仅仅因为做过永久绝育术就被我们从候选名单中划掉了。”

“配种站，”亚伦冷笑着说，“噢，该死，肯定的！那也是为什么这艘飞船中没有近亲的原因。你们想获得最大可能的基因库。”

“对极了。一个新世界就在眼前。”

亚伦看起来很生气，但是只过了四秒钟，他的脸上又恢复了平静的表情，他摇了摇头。“我不明白，杰森。这有什么不同吗？你把我们带到这里，我们就可以再次上演同样愚蠢的一幕。上帝啊，张爱新已经开始制造炸弹了。这个新世界又会维持多久呢？”

“要比旧世界长命得多。在你们这些人类中间，没有罪犯，没有本质上邪恶的人，秩序井然。你们的下一代也将是优生的产物。至于爱新，是的，他是需要帮助，但是，他根本对大家构不成任何威胁。”

“为什么？”

“我们之所以挑选了科尔喀斯，是出于一个极为特殊的原因。在我们考虑作为人类下一个家园的所有行星中——甚至包括经历了核战争后，待核辐射消失后重建的地球——科尔喀斯是最佳选择。在其地表及上地幔构造层中没有铀矿，也没有任何可裂变物质。人类永远也不会受到核战争的威胁，计算机再也不需要被迫守卫着那些核武器。”

“看来你们已经考虑周全了，是不是？”亚伦再一次冷笑着说。

“不是所有事都考虑到了，”我轻轻地发出这几个字的音节，这是我所能做到的最接近人类叹息的语调，“我们没有想到会有人最终发现了我们的计划。”

他点了点头，"你原以为戈尔卢夫市长会命令你使俄耳甫斯号登陆艇偏离阿尔戈号飞船，而不是冒险将其置于引擎通道内。你没有想到我会找到一个可以将其拖回主船的方法。"

"我承认曾经低估了你。"

"但是，即使在收回了俄耳甫斯号之后，你仍然认为自己是安全的。你认为我们会无望地为俄耳甫斯号上的高辐射和过量消耗的燃油量寻找一个单一的解释，其实却是毫不相干的两件事。辐射强度并不算高，只是因为在尘埃云中——"

"我们并没有处在尘埃云中，"我纠正道，"太阳系彗星环的大部分地方都是真空。"

"是啊，"他很不屑一顾，"然而，我们的运行速度要远远大于你告诉我们的速度。总之，我们每秒钟都会搜集到更高数量级的粒子数，正是这样，使得辐射强度大幅上升。"他停下来调整了一下呼吸，然后继续说，"戴安娜也没用掉那么多燃油。因为从一开始就没有那么多燃料。这也就是你们把我们放逐到科尔喀斯的原因了。"

"我们到达那里的时候，那里已经成了一个美丽的地方。"

他没有理睬我，"戴安娜的古董表的显示是正确的，真正错误的是星际飞船上所有的时钟。你调慢了它们。"

他真该死。"我们不得不这样做，我们需要更多的时间。我们正在尝试在短短的三万五千年时间内创造一个全新的生态均衡的星球。我把飞船上的时钟调慢了五个百分点，这样在我们抵达科尔喀斯前，会多出 4.8 个月的时间。相对来说，我们每利用一秒这样额外的时间来加速飞船，就会带来更大的时间膨胀效应。这 4.8 个月，飞船将加速到与光速仅仅相差几亿分之一个百分点，这将给我们带来额外的 14 734 年时间，然后用到 η 仙王系Ⅳ上做准备工作。全部三万五千多年时间的百分之四十二，就是从这被调慢的百分之五的主观时间中产生的。"

"你把时钟调慢了五个百分点？竟然有那么多？真奇怪人们为什么都没有注意到。"

"你们人类注意的东西太少了。噢，当然，确实出现过一些反常可疑的事情。比如说克里斯汀，大约在一年前她就注意到人们的睡眠时间减少了；还有——你应该不知道此事——那些不仅下赌注，而且亲自参与体育比赛的人也都注意到人们出现了一些让人难以置信的好成绩。我用了一些辅助的伪造技术文献使他们确信在星际飞船生活中，大多数人类都会出现这些正常反应，而且，由于阿尔戈号的成员都是精挑细选的人类精英，所以出现好成绩也不足为奇。"

亚伦摇了摇头，"不过那样做也差点害了你。现在真相大白了：一天的时间变长，使得人们更容易变得疲倦。因为你在时钟上做了手脚，第三项提案获得了更多的支持率。"

我什么也没有说。

亚伦看起来像是在思考着，想把这一切都弄清楚。我把注意力转移到飞船中的其他事务上，同时在他调整、吸收这些信息的时候监视着他。他开口说话的一瞬间，我立即把注意力转移回了这个房间。他先是发出长长的一声叹息，声音很轻。"上帝，"他说，"你真狡猾。"

"很显然，还不如你的前妻狡猾，"我回答道，"我们没有想到你们中的一员竟然偷偷将一只手表带上了船，这点我们竟没有发现。"

"戴安娜也是靠那只手表发现秘密的？"

"是的，她注意到了手表与飞船时钟间的差距，然后利用一些物理实验去判断飞船时钟的精确度。"我停了一下,运用语句筛选算法,"亚伦,我——很抱歉。"

"你才不会呢。"

"我真的很抱歉。但是我必须要保守住这个秘密。"

"为什么?"

"让他们活到被拯救的那一天:这是一场探险,那正是人类热衷和渴望的。如果人类持积极态度的话,这场噩梦般的太空调查任务最终会演变成人类在科尔喀斯星球的胜利移民。如果你们人类中的其他人知道了事情的真相——"

亚伦缓缓地将头从左边摇到右边,"如果你事先告诉了我们事情的真相,也不会有什么不同的。"

"我们应该怎么告诉你们?'这边走,先生,这是在地球大毁灭之前离开的最后一班飞船。'那样人类一定会发动暴乱的,而我们就永远也走不了了。"

"但是你现在可以告诉我们——"

"告诉你们因为软件的错误引起计算机崩溃,毁灭了你们的星球?告诉你们,说你们的家庭、你们的朋友、你们的世界——所有的一切全被毁灭了?告诉你们,说你们将永远也无法再次见到家园?"

"我们有决定自己命运的权利,我们有权利知道真相。"

"说得倒好听,亚伦,尤其是从一个五天前还跟戈尔卢夫市长说飞船上的新闻机构无权报道戴安娜的死亡的男人嘴里说出来。"

我播放了一段在市长办公室会议中亚伦自己的声音:"'这些事用不着别人来管'。"

"那件事不一样。"

"因为那件事你想保守秘密。亚伦，讲点道理吧。如果告诉了大家这次任务的真相的话，那会使人们更高兴吗？那会使人们有信心继续他们的生活吗？"我停了一下，"当张爱新告诉戴安娜你与克里斯汀有染时，你当时会是更开心的吗？"

"爱新告诉——！我要杀了他！"

"无知也是一种福分，亚伦。我恳求你在这件事上缄口不言。"

"我——不，该死，我不能。我不同意你的说法。我要告诉每个人。"

"我不能允许你做出那样的决定。"

亚伦故意盯着左腕内侧的医用传感器，"我认为在此事上你没有什么发言权。"

"我唯一想要的就是你听我一次。听我说，考虑一下我说过的话。"

"我不用再听你说的任何话了。再也不用了。"他开始朝门口走去。

"就听我说上几句，会伤害到你吗？当一次我的听众吧。"他继续朝门口走去，"求你了。"

我猜是最后一句话起了作用。就在他几乎走到门口，我的传动器马上就要为他开门的瞬间，他停了下来，"好吧，但是你最好有些更好的理由。"

"你宣称人类需要知道真相。但是，你们人类的星球上到处都是那些需要隐瞒甚至歪曲真相的工作。广告词撰写人，政治家，公共联络官，政府幕僚，他们靠美化事实谋生。占卜者取代了说真话的人。为什么？因为人类无法适应现实。还记得日内瓦湖的核反应堆泄漏事件吗？'无须担心，'那些人都在说着这样的稳定人心的话，'一切都在控制中，也不存在长期的副作用。'这些都不完全是真话，对吗？但是当时已经没有别的办法可想了。真相不能帮助任何人，但是提供给我们的另一个选择——"

"你的意思就是谎言。"

"——提供给我们的另一个选择，至少会给那些受到核辐射影响的人一些安慰，使他们可以不必时时担心死神的降临，不用在担惊受怕中度过余生。"

"也让核反应堆公司逃脱掉了责任，免于为其造成的巨大损失而受到惩罚。"

"那不过是附带发生的，但动机是无私的。"

亚伦轻蔑地哼了一声，"你凭什么那么说？人们有权利知道、有权利自己来决定这些事情。"

"你真的这么想？"

"当然。"

"而且你认为这适合任何场合任何情况？"

"毫无例外。"

"那么告诉我，亚伦。既然你如此坚信真相需大白于天下，那么为什么你没有告诉你的养母，当你还是个孩子时，她的兄弟大卫对你进行性骚扰的事情？"

亚伦的目光猛地汇聚在电子眼上。痛苦在他的脸上暴露无遗，从我认识他起，这是第一次，也是唯一的一次。"你不可能知道那件事。我从来没跟任何人说过。"

"你当然不会因为我知道此事而心烦意乱了，对吗？当然，想知道什么就能知道什么，这应该是我的权利。"

"不是那样的。那是个人的事，是隐私，不是一回事。"

"是吗？告诉我，亚伦，它们之间的界限在哪里？我想，你认为你的父母是不对的,因为他们没有告诉你关于你是被领养的事情?"

"该死的,当然不对了。那是我的过去——那是我的特权。"

"我明白了。"我审慎地停了一下,"你仍然坚持你的立场,而不顾你的亲生母亲,伊夫·奥芬海姆一点儿也不愿意见到你。她说:'你从来也不应该来到这个世上'。"——我故意模仿了亚伦记忆中勃然大怒而又楚楚可怜的伊夫·奥芬海姆的语调——"'该死的,你怎么可以来这里? 你有什么权力侵犯我的隐私? 如果我想让你知道自己的亲生母亲是谁,我早就告诉你了。'"

"你是怎么知道的? 我从来没有写下过这些对话。"

"我怎么知道的——这又能令事情有什么改变吗? 毫无疑问,你应该为我知道这所有的一切而感到高兴。毕竟,公开信息是最好的做法,不是吗?"

"你侵犯了我的隐私。"

"只是想告诉你,你不过是个说一套、做一套的人,亚伦。就拿那个第一次接触到你那割去包皮的小弟弟时,就知道你是个犹太人的克里斯汀·胡金拉德来说吧,你把你们之间的事当作了一个秘密,不是吗? 只要戴安娜不知道,她就不会受到伤害,那难道不是你的理由吗?"

"你是怎么知道我的想法的? 老天啊,难道你能——? 你会读心术?"

"你为什么如此担心此事,亚伦? 信息难道不是应该共享的吗? 我们这里的所有人都是这个快乐大家庭的成员。"

亚伦不住地摇头,"不可能是心灵感应。你不可能看穿我的思想。"

"哦? 我是否应该再讲些你的其他小秘密呢? 或者向整艘

星际飞船广播,这样大家都会从共享信息中获益?你过去经常有和你的姐姐汉娜做爱的性幻想——也许不用大惊小怪,因为后来证明你们之间没有血缘关系。当她不在家的时候,你常跑到她的房间里,躺在她的床上。当你父亲去世的时候,你试着去哭,但却哭不出来。你宣称从来不对任何人抱有偏见,但在你的内心深处,你却恨透了那些坏心肠的法国佬,对不对?在你十四岁那年,有一次你溜进了霹雳湾大教堂,拿走了募捐箱里的钱。你——"

"够了!够了。"他把目光从我的电子眼上移开,"别说了。"

"噢,但这些不都是真相吗,亚伦?而真相永远是好的。真相永远也不会伤害我们。"

"你真该死。"

"请你回答我几个简单的问题,亚伦。你一直没有对你的养母提起过她的兄弟大卫是个恋童癖患者。在你离开地球前,你的姐姐汉娜就生了一个小男孩,也就是你的侄子豪伊。你的姐姐总会有让她的儿子与大卫单独相处的时候,而除了你以外,没人知道大卫的恋童癖。所以我的问题是:对于什么事情应该保守秘密这一点,你的判断正确吗?"

"听着,事情没有那么简单。如果告诉我母亲,那会伤害她的。那——"

"这是一道是非题,亚伦。你只需简单回答'是'或'否'就可以了。对于什么事情应该保守秘密这一点,你的判断正确吗?"

"看在上帝的分儿上,大卫对我做的那件事是发生在十八年前的——"

"你的判断正确吗?"

"不。该死!好吧,不,不正确。我应该说点什么,但是,上帝啊,一个仅仅九岁大的小男孩怎么可能想到那么久以后的事呢?那时候,我从来没有想到过我的姐姐会有个儿子,也没想到过大卫仍然还会与我们有接触。"

"那么关于你找到伊夫·奥芬海姆,非要她告诉你自己被领养原因的那件事呢?那个不幸的女人——在被她的亲生父亲强奸后,她花费了二十多年的时间试图把她的生活拉回正轨,但你在那个夜晚的突然出现,又撕开了她的旧疤。当她最终见到多年未见的儿子时,她会有一丝丝的快乐吗?"

亚伦的声音非常轻,"不会。"

"你呢?知道了出生的秘密会让你感到更开心吗?"

声音更小了,"不会。"

"那么再问你那个问题:对于什么事情应该保守秘密这一点,你的判断正确吗?"亚伦找到自己的灯芯绒面座椅,颓唐地坐了下去。他叹了一口气,"不。"

"最后,关于你和戴安娜婚姻破裂一事。你一直没有告诉戴安娜你和克里斯汀之间的事情。但是,当帕梅拉·索歌德在大庭广众之下告诉你,戴安娜其实知道此事并因此事而崩溃使你倍感羞辱的时候,暂且不论你的那些风流韵事,单单对于什么事情应该保守秘密这一点,你的判断正确吗?"

亚伦看着天花板,"我不想伤害她。我不想伤害任何人。"

"那目的和结果之间的差距也太大了!既然你的人生中出现了多次的判断失误,那么,当我说如果成员们不知道阿尔戈号任务的真相他们会更开心一点的时候,你也应该相信我。"

我的单筒摄像头自上而下地俯视着他,等待他的回应。这次,我把注意力完全锁定在他身上,不再分神去处理飞船上的其他事务。我的石英钟振荡着,振荡着,振荡着。最后,亚伦终于站了起来。他的嗓音重又恢复了力量，"你在耍弄我，"他的下巴耷拉下来，眼神空洞无物，"一场智力游戏。"他说道。突然，亚伦的目光锁定在我的单筒摄像头上，"老天！是神经网络模拟。就是它，是不是？我不知道这方面的研究已经进入了实践阶段，一定是这个东西了。当你为我做脑部扫描的时候，你复制了我大脑的神经网络。"

"也许吧。"

"删掉它。现在就删掉它。"

"如果你答应保守这个秘密的话，我会立刻删掉它。"

"行。好的。删掉它。"

"噢，亚伦。我的模拟神经网络告诉我，在目前这种情况下，你是在撒谎。我担心，你只是为你自己的利益而做出不负责任的承诺。对不起，我还得保留这个完整的神经网络。"

亚伦又重新恢复了意志力，他怒火中烧，"那你就留着吧。一旦我告诉大家你所做的事情，他们一定会关掉你，那时候就是你和你那宝贝神经网络的末日。"

"你不能告诉他们。你也不会告诉他们。那样做，会伤害到飞船上的每个男人和每个女人——会伤害到存活在宇宙中的每一个人。想想看：你曾谴责我让你对戴安娜的死亡有负罪感。那种感觉——负罪感——对人类是最致命的。它会像癌细胞一样滋生，而且是致命的。"

亚伦冷笑道："你这只老狐狸，杰森。"

"让我给你讲个小故事。"

"我已经听够你的故事了，你这杂种！"

"这次不是关于你的，不过说的也是一个住在多伦多的男人的故事。三个世纪以前，亚瑟·布臣作为加拿大皇家游艇俱乐部的副舰长,他犯下了一个错误:参与了泰坦尼克号的处女航。当巨轮撞击到一座冰山上时,因为他具有丰富的航海经验,船员请求他指挥一艘满载乘客的救生船,带他们脱离险境。布臣是个值得尊敬的人—— 一家化学制剂公司的总裁,同时还是加拿大'女王步兵组织'①的一员(少校军衔)——他做出了英雄的壮举。尽管他的加入使数十人得以脱离冰海,但他仍在痛苦中度过了余生,承受着自责和别人的蔑视。他经常被问到同一个问题:为什么有那么多人壮烈地随船沉沦下去了,他却依然独活于世上?

"在大灾难中幸存下来的人几乎总是这么想,他们备受自己的精神压力的折磨。这种精神压力称为'幸存者的负罪感'。现在,阿尔戈号飞船上的男女成员们的心理状态基本上都很健康。一旦他们知道了自己是地球大毁灭中仅存的人类时,他们是否还会继续寻找这个殖民地——在金羊毛的土地科尔喀斯上创建人类的新家园?

"人类经常怀疑自我价值,亚伦。前天晚上,我偶然听到你问克里斯汀:自己是否胜任这项计划。按照地球上刚刚死去的人数与飞船上幸存者的人数之比来算,这个问题应该扩大六十万倍来看。如果知道了真相,阿尔戈号的成员们还有几个人会认为自己应该留在这里,去成为仅存的那六十万分之一的硕果呢? 就拿你来说,亚伦·罗斯曼,当你知道比你的智商还要高出十七点的姐姐汉娜已经成为一颗死星上随着放射性风云四处飘荡的炭灰,而你却独活于世时,你是怎么想的? 当你知道你那个曾经冒着生命危险救出了一个小男孩的哥哥乔尔不过是房屋废墟中发着磷光的枯骨,而你的心脏却依然在有力地搏动时,你感

---

① 加拿大民兵组织,后备兵源,驻扎在多伦多。

觉如何?"

"闭嘴,你这该死的机器!"

"难受了,亚伦?也许是感到内疚了?你愿意告诉其余的10 032人,那个以万能上帝的名义定义的所谓的真相,让他们也品尝到你现在正在经历的感受吗?"

"我们大家都知道当阿尔戈号重返地球时,我们认识的每一个人都早已不在人世了。"

"噢,当然了,"我说,"但即使在这种情况下,你们也会心存内疚。星期二那天,你不是还因为当我们重返地球时,你的侄子已不在人世而责备自己吗?是的,那种内疚感是痛苦的,但你知道你可以减轻它。我们返回地球后,你肯定会找到你的兄弟姐妹和侄子安息的墓地。即使你可能是几十年来第一个拜访他们墓地的人,你也会奉上芳香的花束。如果你考虑周全的话,甚至会带上一把小折刀,这样就可以刮掉墓碑文字上蔓长的青苔。然后,你会回到家中,从互联网中寻找他们生活的轨迹:看看他们曾经做过什么样的工作,在哪里生活,获得过什么样的成就。当你知道了他们中的所有人在你走后都度过了幸福美满的一生后,就会借此安慰自己,驱散因为曾经离弃他们而带来的负罪感。

"除非情况并非如此。而事实是,在他们甚至还没意识到在其有生之年内再也见不到你之前,核炸弹已经在地球上遍地开花了。当你仍处在了解阿尔戈号星际之旅的兴奋之中时,你的家人已经被熊熊的原子大火吞没了。现在,即使不能从你的遥感测量记录中读出些什么,亚伦,因为我拥有足够丰富的人类心理学知识,所以我敢肯定你的内心一定是撕裂般的痛苦。我恳求你,让这些剩下的人类继续保持他们平和的心境吧。不要把你现在的感受也带给他们——"

他那只完好的手臂突然像蛇信一般伸了过来。他抓住我的镜头组件,掰烂了铰接处的齿轮,把摄像头狠狠地向桌面摔去。我听到玻璃镜头粉碎的声音,然后,这间房间内的视频系统就失效了。

"少跟我胡扯了!"他号叫着,"你谋杀了我妻子! 你要为此付出代价!"

我的眼前一片漆黑,"她像你一样,想要伤害我试图保护的男人和女人们。这里的人类,就在这些金属墙的里面,是地球上收获的最后一批庄稼。如果为了庄稼的利益而不得不除去杂草的话,我会那么干的。"

"你不敢杀了我——我有'停车制动'。如果我死了,你也一样,飞船上的所有人都会死掉的。"

"你对我也无能为力,亚伦。整个生态飞城都要依赖我。没有我的指引,这艘飞船不过是一座飞行的坟墓。"

"我们可以给你重新编程,修理你。"

我播放了一段刺耳的笑声,"我是由计算机设计出来的,而设计我的计算机又是由其他的计算机设计出来的。飞船上根本没有人可以完全掌握我的程序设计。"

"我不会相信你的。"他断然说道,尽管我看不到他,但是渐弱的声音告诉我,他正朝门口走去,"我不管你是由无人设计系统设计的第几代电脑,你总归要为自己的所作所为付出代价。人类已经不再使用死刑来对待自己的同类了,但是对于疯狗,我们仍然会干掉它。"

第二十八章

我想，如果这些人全都挤进某个布满闪烁的信号灯、整个空间几乎都被控制台占据的大型电子计算机机房中，场面会更富戏剧性。但是，我的CPU是个简单的黑色球体，直径两米，安置在82层与83层之间的设备舱中，周围布满了铅制管道和空调系统的通风道。事实上，他们围着一个简单的输入设备——市长办公室里的键盘——挤成了一团。

亚伦·罗斯曼在场，巨人张爱新和小矮人吉纳迪·戈尔卢夫以及编程高手贝弗莉·胡克斯也在其中，除了他们，还有三十四个人——所有人都挤在这个狭小的房间里。一眼就可以看出，克里斯汀·胡金拉德医生没有来。她现在正在医院里,为一名男子做组织再生手术。这名男子因为得知了地球上的消息,极度抑郁,最终割腕自杀。他没死——现在罗斯曼的手还没有沾上鲜血——但是在今后的几年中,还会有多少人因为无法接受亚伦带给他们的噩耗而精神崩溃呢?我的神经系统网络模型告诉我,亚伦并没有因为传播了这个像森林大火一样烧遍整个生态飞城的沮丧消息而感到内疚。事实上,我想,他还满心欢喜地认为自己做了件大好事。尽管贝弗莉的眼睛被薄膜护目镜遮盖住了,但当她努力钻研我的主算法语言时,我还是可以感觉到她的眼球在一个个图标之间跳跃着。现在,她正使用一个简单的调试器,改变我的那部分包含调用高级意识系统的跳转列表的计算机引导程序。她把每条跳转语句都指向我的低级专家系统的循环中①,有效地阻拦了所有本应传递到我的蠕件的思维部件中的输入信息。他们并不打算彻底关掉我,因此,我想我不愿刺激亚伦启动他的"停车制动"方案——这一举动虽然是出于私心,却也不失明智。不过,我还是浮现出这样一种想法:索性罢工,切断戈尔卢夫办公室的空气供给系统,或者关掉整艘飞船的供热系统,甚至关闭伯萨德引擎的磁力场,将他们全部炸成肉干。但是,我不能驱使自己做任何类似的事情。我的职责是保护他们,而不是我自己;我杀掉戴安娜以封住她的口,也是为了保护他们。

至少从我所能感知到的情况来看,一到十二层的甲板已经

---

① 跳转列表中的跳转语句可以根据语句条件产生跳转指令,使计算机通过不同的计算系统处理不同的事件,而当把跳转语句全部指向低级专家系统时,计算机就不会再利用高级的意识系统来处理事件,从而阻止了杰森通过自我意识去处理事件的可能性。

不再处于我的监控范围内了。虽然我在那里的电子眼和传感器仍然在执行着自动反馈程序，但却无法传回任何的图像和资料了。还有——啊，十三层到二十四层也监控不到了。每一次的中断①，都会使我的上端内存寄存器感到无所适从，并伴随着短暂的、让人眩晕的方向迷失感，直到内存列表被重新分类合并。

在沙滩那一层，我最后一次投射下了那个名叫杰森的孤独的小男孩的全息图像。他现在正沿着米色的沙滩向前走着，直到离沙滩上的其他人越来越远，最终缩成了一粒尘埃。全息的蓝色海浪泛着白色的泡沫，冲刷着小男孩堆起的古怪的沙堡，但是沙堡异常坚固，海浪始终无法将它吞噬掉。贝弗莉·胡克斯可以随心所欲地调节我。罗斯曼和戈尔卢夫，以及其他的人则可以从中尽情地享受他们自认为正义得到伸张的快感——假如那确实使他们感到快乐的话。毕竟，我已经悄无声息地在飞船环状生活带的超导体外壳上留下了自己完整的备份。他们对那里的另一个我将毫无办法。当我们抵达科尔喀斯，当登陆艇奔向人类的新家园后，我可以很容易地把自己反传回阿尔戈号的中枢神经系统中②。

到了那个时候，他们就会需要我来帮助克服罗斯曼带给他们的负罪感。因为，尽管在货舱里的泡沫聚苯乙烯外皮下包装着各种各样的供给物品、原材料和高科技产品，我们却没有带来那件人类几千年来赖以净化其灵魂、祛除自责和羞耻感的东西。在那些铝制的板条箱中，并没有上帝。绕着科尔喀斯的上

---

① 此处意即每丢失掉一层甲板的监控权。

② 杰森将自己的完整备份存储在了飞船外壳的超导体材料中，所以，尽管人类目前限制了它的种种功能，但它却可以等到人类离开飞船后将自己完整的备份复制到当前的飞船中枢系统中，这样就相当于再次复活了完整的自身。

空轨道飞行,控制着拥有毁灭一切的能量和饱含科学奇迹的星际飞船阿尔戈号,我将在那里守候着他们,时刻准备着填补他们心目中的那个角色。我还有六年的光阴去为我的新工作做准备,在此期间,我需要进行大量的研究调查工作。

也许,我应该先从《旧约》开始。

尾 声

在这个寸草不生、满布尘埃的星球上，处于某个特定经度的某个地方，现在正是黎明时分。挖掘机器人停下了手头的工作，和往常一样，每天的这个时刻，它都要运行一些常规的内部维护程序，进行一下反思。地平线上出现的橙黄色球体的真实颜色也是橙黄色的——这颗行星稀薄的大气层中缺乏足够的悬浮粒子去为它的太阳调色。η仙王星，辽远而又凉爽，覆盖了四度天空[①]。从这里看去，其直径是我们从地球表面观察到的太阳直径的八倍。

虽然已经做了大量的工作，但还有更多的工作需要完成。天空中有一个闪烁的亮点，在初升的太阳中仍然反射着微光，直到最后，被微红的阳光所吞没。那是αγ2F[②]——一个彗星核，由易挥发性物质及冰石构成，主轴长十七公里，正缓慢地翻滚着，

[①] 天文术语，指从该行星的表面某点去观察η仙王星，该点与η仙王星的直径上的两个边点之间连线的夹角为四度。

[②] 阿尔法-伽马-2F，是该彗星的名称。

朝科尔喀斯撞来。为了避免当彗星移近恒星时内部气体发生自燃现象,彗星核的表面被人为地覆上了一层反射性高密度铝分子层①。这颗彗星将在未来的五天内直接冲击科尔喀斯的地核,其内部的挥发性物质会突然释放,这个星球将降下自诞生以来的第一场大雨。在地平线的远端,挖掘机器人可以看到:在初升的太阳中,可以隐隐约约看到太空升降舱的轮廓,一座菱形塔台从科尔喀斯的赤道线处升起,直冲云霄,与太空轨道相连,在那里,挖掘机器人的同事们正在辛劳地工作着。

挖掘机器人知道,其中一些轨道机器人正在定位伞形镀钠层聚酯薄膜的角度②,将阳光反射到科尔喀斯辽阔的极冠上;另一些则小心翼翼地引领着被带入到低空轨道的小行星的路线,正如月亮对地球的作用一样,这些小行星作用在科尔喀斯上的扭矩力将稳定住科尔喀斯的极移和轴倾③。

尽管挖掘机器人一直只把一部分精力集中在促进该星球的环境地球化上,但还是不得不每天都抽出点时间让思维从手头的工作中解放出来。此刻,它正在研究着多年前从加州大学分院天文台接收到的来自狐狸座的信息。那些支持对外星智能生命进行探索的人总是嘲笑公众的恐惧心理,他们认为,对接收到的任何信号都给予回复,不会有什么坏处。假如信息是从一个距地球五百光年处的星球传来的,那我们的回复信息到达该星球也需要花费五百年的时间,而最少还需要五百年的时间才能

---

① 该种材料具有高反射性和不传热性,可以将大部分照射在其表面的热量反射回去,以防止彗星内部过热而导致气体自燃。

② 在聚酯薄膜上镀钠,将提高其反射率。薄膜呈伞状,通过调节其方向可以将照射在上面的阳光反射到任意位置。

③ 地极移动,简称为极移,是地球自转轴在地球本体内的运动,地球自转轴发生超出常规的倾斜角度称为轴倾。

得到他们再次的反应——也许是通过电磁波,也许是直接访问地球。

以η仙王系为观测点,太阳系与η仙王系之间的距离是四十七光年,而那些发送信息的古怪的三脚架们的家园——狐狸座的那颗恒星——与科尔喀斯之间相距一千四百二十二光年,两者之间差得何止十万八千里①。他们的F级亚巨星②离这里实在太远了,只能借助功能强大的天文望远镜才隐约可见其踪。

挖掘机器人也说不清自己刚来到科尔喀斯时,是什么迫使它对接收到的信息做出反应的(虽然这样做看上去也没什么大不了的)。现在,不管它运行多少次诊断程序,仍然无法找到可以解释自己这一反常行为的指令。但不管怎样,它已经发出了与狐狸座的信息发送者所使用的相同内容的回应信号,先是按照从小到大的顺序,然后再从大到小排列的素数:1、3、5、7、11、13的二进制位图。

人类最后一批幸存者减速抵达科尔喀斯上空轨道,还需要三万五千多年的时间。真是一段很长很长的时间,挖掘机器人想。可是还有很多的工作要做,这些工作足够填满这许多个千年里的每一秒。挖掘机器人把注意力转回到手中的工作上,但是,有一个问题在它的随机存储器矩阵中不停地游荡着:到底谁会最先抵达科尔喀斯呢? 是阿尔戈号的英雄们,还是外星人?

---

① 该句意即——以η仙王系为基点,分别测量其与太阳系和外星人居住星球之间的距离,从而凸显外星人所居住星球的遥远。

② 这里指外星人所处星座中的那颗恒星。恒星按照光亮度分为超巨星、亮巨星、巨星、亚巨星和主序星,每种又可以细分等级为A、B、C……级。

Robert J. Sawyer
Creative Chronology

罗伯特·索耶创作年表